人生总要有一次说走就走的旅行

普罗旺斯风情笔记

朱云乔 著

中国华侨出版社

图书在版编目(CIP)数据

人生总要有一次说走就走的旅行：普罗旺斯风情笔记/朱云乔著.
—北京：中国华侨出版社，2014.5（2021.4重印）

ISBN 978-7-5113-4593-6

Ⅰ.①人… Ⅱ.①朱… Ⅲ.①长篇小说-中国-当代 Ⅳ.①I247.5

中国版本图书馆 CIP 数据核字(2014)第 092494 号

人生总要有一次说走就走的旅行：普罗旺斯风情笔记

著　　者	/ 朱云乔
责任编辑	/ 严晓慧
责任校对	/ 孙　丽
经　　销	/ 新华书店
开　　本	/ 787 毫米×1092 毫米　1/16　印张/16　字数/230 千字
印　　刷	/ 三河市嵩川印刷有限公司
版　　次	/ 2014年6月第1版　2021年4月第2次印刷
书　　号	/ ISBN 978-7-5113-4593-6
定　　价	/ 45.00 元

中国华侨出版社　北京市朝阳区静安里26号通成达大厦3层　邮编：100028
法律顾问：陈鹰律师事务所
编辑部：(010)64443056　　64443979
发行部：(010)64443051　　传真：(010)64439708
网址：www.oveaschin.com
E-mail：oveaschin@sina.com

序言

一个人，在普罗旺斯。

漫天遍野的紫色花朵，绚烂的向日葵花，蓝到彻底的天空，无限接近它们，发梢到指尖，都是幽雅的香气。

有人说，普罗旺斯是上帝造物时遗下的伊甸园。如所有人一样，我也曾经将这个令人神往的地方安放在梦里。它在远方，却仿佛可以救赎我的灵魂。并不奢求它能抹去生命的悲伤与痛苦，只是渴望它的美，来再次点亮我清澈的眼眸。

人生总是要面临向左或是向右的选择，无论怎样走，最后都是一身风尘，徒留一腔遗憾。我承认，我是个现实的逃兵，想要从疲惫的都市生活中逃离，想要从失败的感情中逃离。

真的踏上这片土地，走入这个神秘的紫色梦境，触摸那些带着光环的名字：塞尚、莫奈、梵高、毕加索、夏卡尔……那种滋味，就像遇见了天堂。原来之前的千般想象，远比真实的片刻更浅薄。

时光无常。我独自到了这里，只带着灵魂和一口笨拙的学院派法语。在这片干净的土地上，我卸去妆容，脱去高跟鞋，也抛下了过往的迷惘。

既然，那个承诺过会与我同行的人早已离我远去，我便带着薰衣草的花语——等待爱情，栖居在这个诗意的梦境里。

目录

PART 01
邂逅马赛

灵魂是唯一的行囊

003　触摸远方·生活在别处
008　概念普罗旺斯·梦中的薰衣草庄园
013　马赛机场·脚尖指向未知
017　港口码头·大蒜与香草的气息
023　茴香酒·怎奈回忆斑驳
028　紫杉堡·基督山伯爵
035　南部陶器·细节中绽放的美
040　旅馆·心灵收容站

PART 02
情迷埃克斯

100处清泉在为塞尚唱赞歌

049　圆亭喷泉·城市标签
055　塞尚画室·形与色构成韵律
061　修道院·像新生儿那样看待生活
067　巴黎姑娘·时时刻刻的自我塑造
073　铁艺阳台·细微之处见艺术
078　古董市场·历史的回声
084　古老咖啡店·让恬静沁入心脾
090　夜晚安宁·灵魂被寂静包裹

PART 03
震撼阿尔勒

打动了梵高的城市

- 099 古罗马竞技场·中世纪咏叹
- 105 论坛广场·梵高面向的太阳
- 111 郁郁寡欢的雨·往事潮湿
- 117 亲爱的邻居·你无法读懂我的叹息
- 123 两小时午餐·每一次咀嚼都是诗意的
- 129 香料的天堂·多元化味觉
- 135 橄榄油·大地的恩泽
- 141 艺术节·快乐弥漫的小城

PART 04
漫步阿维尼翁

人住在它这里，它住在人的心里

- 149 不一样的圣诞节·被上帝祝福的孩子
- 156 松露·神秘的珍奇美味
- 162 葡萄酒·舌尖上阳光的味道
- 168 游泳池里的青苔·不可说,不可说
- 175 村落·泥土开出彼岸花
- 182 集市·人群与人群
- 188 派广场·挤在一起的奇怪建筑
- 194 山花烂漫·步入人间仙境

PART 05	与圣女相关的故事
微笑卡玛格	
	203 露天餐厅·阳光在皮肤上跳舞
	209 随手明信片·美丽不是刻意经营
	214 火烈鸟·追逐湿地天堂
	220 盐山·恰似回忆之咸
	225 海边小城·吉卜赛人的朝圣之地
	230 甜点·歌唱的旋转木马
	235 拥挤的季节·每个人心里都有一个普罗旺斯

后记	241

PART 01　邂逅马赛
——灵魂是唯一的行囊

触摸远方·生活在别处

  终于统计完手中最后一份数据，抬起头，准备活动一下那僵硬得快要没了知觉的颈椎时，其他同事的卡位上已经没有人了。站起身时，腰椎对我发出了一声抗议，不过，那抗议我早已经习惯了。对于每一名整日都要坐在电脑边工作的人来说，腰疼都是再正常不过的事情。

  继续活动着颈椎，缓缓走向巨大的玻璃窗，都说华灯初上时分，这个城市会显得格外神秘和诱惑，而此时，我的眼中看到的只是一幅每日都不会变化的画面。大片的霓虹灯，像是通向另一个世界的路标，像是一串串明晃晃的发着诡异的彩色光芒的灯笼，一路延伸过去，却找不到终点究竟在何方。

  人们常说高瞻才能远瞩，却不知远瞩也未必能够看到风景。身处坐落于城市中心繁华地段的写字楼里，白天偶尔抽空环顾四周，看到的是一样冰冷地相望而立却比我所在的写字楼还要高出一些的高楼大厦。向下看，除了川流不息的车辆，也能看到来来往往的行人，只不过那行人都变成了一个个小小的点，有的缓慢，那或许是老人家在蹒跚；有的匆匆，那或许是和我一样为了生活而奔忙的青年人；有的静止在路边，我知道，那一定是路边那些以乞讨为生的流浪者。

对于那些流浪者，我每次路过的时候都会内心搅动，不想去看他们那落魄的样子，想去给予一些温暖与帮助，却有时暗自埋怨他们明明身体健全，却偏偏不去努力拼搏，每天过着一成不变的生活。

到了夜晚，能看见的，便只剩下连成一条红线的车灯，堵车的高峰期仍未结束，交通灯不停地变换着信号，而那红线看上去却并没有缩短分毫。这座城里，汽车是一个移动的囚笼，我宁愿去乘坐地铁。

对这座城市，我已经没有当初那么深的喜爱了，那股刚毕业时的热情，早已在这些年的拼搏中渐渐地消散开来。当初的斗志，当初的天真，当初的激情，也在日复一日的重复生活中渐渐变浅变淡了。

这里，有的是单调，而不是情调。早上在闹钟声的催促中起床，洗脸，刷牙，用粉底遮去皮肤的不完美，用彩妆掩盖满脸的倦意，用眼线液修饰眼中的灰暗，将长发束起盘好，将套装拉得平整，穿上时常令脚踝发痛的高跟鞋，一切看起来都是那么的完美。只是，这完美一旦走出房间，便再也没有任何独特之处。是的，这座城市中，到处是面目相似的人，向左走，向右走，形成一条条浓墨一般厚重的河流。

在路边随手买一份早餐，在地铁站用最快的速度将它吃完。周围弥漫着不同的早餐的香气，却无心也无暇去分辨那些香气是由什么食物发散出来的，只顾吞咽着自己的食物，周围太多这样的人，谁也不会笑谁，因为谁也不会在意谁。

站在电梯门前，偷偷地看着门上映出的自己的影子，提醒着自己要打起精神，要微笑，要端庄，要大方得体。工作时的自己，必然不可以有生活中的影子。用职业化的微笑面对每一个人，努力压下自己内心的感受和情绪，放下心中种种的担虑和不安，这才是一个专业的白领需要具备的职业素养。

有时觉得，这城市怎么可以那样拥挤，有时换个角度想，又觉得其实这是一座空城。一颗心，渐渐变得麻木，不仅仅对工作，还有对生活，对感情，对自己。

远离生长多年的小城，来到这个繁华的都市，同时也远离了那些一同成长的好友，远离了自己的爱好，远离了原本的自己。在那个小城市中的安逸生活早已远去了，在这里，工作才是生活的重心，而生活本身，却成了活着的附属品。

下班后的生活越来越单调，逛街没力气，看电影没心情。有时难得有时间，在家中找出许久未碰的笔墨，润了笔，最后却还是搁置在一边，有时放上音乐，想要随之舒展一下筋骨，最后却只是窝在沙发中，静静地发呆；有时打开电脑，找一部新上映的电影播放，最后的结果却是在枯燥剧情中入睡。

更多的时候，打扫房间，洗衣，沐浴，成了工作之余主要的休闲。从喜欢将房间里堆得满满的，到见不得房间中有一丝杂乱。喜欢在莲蓬头下被水帘冲刷的感觉，那水滴落在身上，感觉是真实的。听着水落在浴室地砖上的声音，感受着自己身上的保护色一点点被冲尽，那是一种难以言语的舒畅，这时的我才是我自己，真正的自己。

只是，在这座城市中，人人都在戴着面具生活，戴着脚镣跳舞，想要在这里生存，我便也要这样去做。

紧张的生活节奏让我不得不压缩自己的生活，将发条拧紧。我让自己忙碌，每天都很忙碌，我以为我的努力可以让我越来越快乐，能够像故事中那些主人公一样,实现自己的价值,建立起自己的家庭,过上幸福快乐的生活。

是的,我得到了不少,可是,也失去了很多。

那些励志大师们的演讲听过许多次了,每个人的理论听起来都有它的道理。有的人说,年轻人不需要在意太多物质,最重要的是人生的积累;有的人说,人生的路很长,不要太过于看重眼前的得失,今天的付出早晚都会为你带来收获;有的人说,只要积极生活,想着生活会变好,生活就一定会变得越来越好……有时,有些不想坚持下去的时候,便会去想他们说的话,用各种理由劝说自己,自己的坚持是有意义的,困难都是暂时的,一切都会好起来的。

可是,我仍然不快乐,而且越来越不快乐。

每当下班回到住的地方,一个人面对空荡荡的房间时,心里都会空得厉害。那种没有生活气息的冷清,那种无人倾诉的寂寞,都会让我感到寒冷。也曾以为工作可以让生活变得充实,让人变得幸福,可是当那个说好一起奋斗的人对我说分手时,心还是沉沉地落了下去。无论怎么工作,都不能驱散那份沉重。

我们是在工作中认识的。他喜欢我,因为我的努力,因为我的认真。我们交往了三年,在这三年中,我们一起努力地工作着,工作之余,便一起吃饭,谈天,规划我们未来的家。交往的第二年,我们的工作职位都有了提升,他从组长升为了部门经理,而我也从一个小小的职员升为了组长,于是,我们的工作越来越忙碌,顾及彼此的时间也越来越少了。

我以为,为了以后的幸福,现在的辛苦是值得的,我以为他也会理解我所付出的努力,所以当他几次委婉地劝我不要太辛苦时,我只当成他的体贴,而没有发现他心中悄悄发出的一声叹息。

直到他明确向我提出分手,我看着那个既熟悉又陌生的侧脸,心在瞬间碎成了粉末。分手的理由，是他想要一个温顺的，能够多抽出时间关心家庭，能够多体谅他的辛苦的妻子，而不是一个工作至上的工作伙伴。这时，我才意识到自己之前错了，而且错过了。

那一刻，我仿佛被现实狠狠地抽了一个耳光。竭尽全力去追求的，可能并不是心底最想要的。最残酷的是，这个答案却要别人来揭晓。

打击接踵而来，焦躁的情绪影响到了我的休息，工作也开始不顺利。领导在例会上点名指出了我的失误，我没有为自己辩解，因为我知道，辩解没有丝毫意义。

高薪、体面的工作不再对我有那么强大的吸引力。开始不确定自己来这里的目的究竟是为什么。开始怀疑曾经，对这座城市的向往，不过是一种冲动，一种激情，而冲动过后，激情过后，心中残留的只有那点点的空虚。开始怀疑，来到这里，究竟是为了实现自己心中的抱负，还是仅仅为了过上令人羡慕的生活？

一个人的城市，已经没有了两个人的烟火，成为了空洞之城，记忆之城，谋生之城，伤心之城，迷失之城。

带着被爱情遗弃的灵魂，开始想要离开，离开这座拥挤繁忙的都市，换一个可以让我喘息的地方，好好地松一口气。寻找一个地方，能够让我静下心来好好地思考，从故乡到异乡，想要的到底是什么。

且行且止，载悲载欢。

概念普罗旺斯·梦中的薰衣草庄园

想要寻找一个地方,让心灵得到休息,去过一段不一样的生活。想要离开,可是,又可以去哪里呢?是时尚之都巴黎?或是遥远而神秘的埃及?是充满宗教气息的曼谷?又或是让人疯狂放纵的拉斯维加斯?头脑中不断地跳出一个又一个城市的名字,它们绞在一起,让我捉不到头绪。

想着,想着,我在街头失了神。盲目地穿梭于繁华的商业街中,我感受不到自己的存在。站在一家百货商店的橱窗前,看着那闪闪发光的玻璃窗中映出的自己的影像,衣着鲜亮,一副成熟都市白领的派头,眼神却是空空的,丝毫光彩都没有。

走进商场,一边看着,一边走着,无意中停在了精油柜台前,售货小姐非常热情地走上前,向我推荐新上架的精油,介绍着每一种精油的功效,然而,那美好的微笑，那动人的声音和那熟练的介绍，却没有任何让我触动的地方。正想移走脚步，却被突然间钻进鼻腔的芬芳牵住了魂。

那是我熟悉的味道，是我曾经钟爱，却许久未曾碰触过的味道——薰衣草的味道。一瞬间，我想起了许多事情，想起十几岁时的自己，那个青春灿烂，天真无邪的女孩，内心单纯而透明，不含丝毫虚伪，笑容自然而明媚，不带半点忧伤。

那时的自己，最爱的便是薰衣草的香气，当时还不懂它的传说，更不懂它的药性，只是单单地喜欢那种味道，那种淡淡的味道，仿佛能够钻入小小的心境里，让整颗心都不由得放松下来。成年后，我渐渐地了解到关于薰衣草的动人传说，了解到薰衣草的种种功效，对它的喜爱，便越来越深了。

若不是认识了他，或许，薰衣草的香气会一辈子伴随着我吧。工作后的我喜欢在薰衣草的香气中放松，喜欢让自己的衣物也沾上这种香气，有它的陪伴，我的心就会变得格外平静。只是，他不喜欢这种味道，每次闻到我身上带有的薰衣草香气，他都会皱眉。于是为了他，忍痛割爱，已经数年。

渐渐地，那个单纯爱幻想的女孩子睡去了，她睡得那么轻，那么安静，安静到让我忘记了她的存在。那份对薰衣草特有的眷恋也渐渐地变淡了，与他一起的时候，我们的身边最常萦绕的是咖啡的香气，浓重且深沉。我的衣物上沾有的，更多的是提神的柠檬香或薄荷凉，而非那份让心情轻松的薰衣草香了。

日子一天天重复，越来越枯燥，越来越沉重，我们的天空也越来越昏暗。我们没有时间静静地坐下来谈天，没有时间安静地窝在沙发中看电影，没有时间悠闲地在公园里散步，甚至没有时间去看一看对方是否已经离自己越来越远。直到那天，他提出分手，我才明白，我们之间再多的美好都成为了回忆，而我还在用这些回忆撑着自己，麻醉着自己，让自己以为我们会有美好的未来，会有幸福的明天。

麻木，是唯一减轻痛楚的办法，我想。于是我更加用力地工作，让自己在沉重的工作中忘却感情，忘却心痛，忘却想念，每天生活在一个个排得紧密的小格子里，喘不过气。如果不是今天的偶然，让我记起曾经的自己，记起曾经的期望，或许，我会一直让自己陷进那种旋转于洗衣机甩干桶之中一般的情绪中。

薰衣草的芳香让我想起自己最初的希望，最原本的心情，也让我想到了它生活的地方——普罗旺斯。

是的，就是那里了。突然间，我很想去那里看一看，想漫步在那看不到边际的薰衣草田里，静静地从中间穿过，感受着每一朵花朵轻轻地碰触我的衣衫，嗅着它浓郁的芬芳，忘掉那所有的烦恼。

想在金色的露台上喝一杯下午茶，慢慢地喝，细细地品，让茶香从舌尖浸入身体，整个人也变得清透了起来。没有车马喧嚣，没有闹市争吵，没有争强好胜，没有钩心斗角。一颗心，就在这样纯净的氛围中变得平静下来，变得平和下来。

我想，我一定会爱上这样的氛围，爱上这样的空气，爱上这样的自己。这样想着，心中竟不觉产生了一种异样的感觉，那感觉是那样熟悉，那样亲切，像是见到了一位多年未见的老友一般舒服。我的眼前，竟然出现了一片紫色的花海，阳光下，海浪随着微风轻轻起伏，海浪之上，一位穿着白色长裙的少女轻盈地行走着，跳跃着，起舞着。

这样的画面为何如此熟悉？我先是感到诧异，随后恍然大悟。是的，我想起来了，那不正是青春时期的我常常做的梦吗？那样的生活，不正是青春时期的我一心想要过的生活吗？

自从知道薰衣草的故乡在普罗旺斯后，我便对这个地方有了魂牵梦萦的期盼，时常做一些有关那座城市的梦，梦中的普罗旺斯，是一个薰衣草满地的仙境，那是满目的紫，紫得让人心醉、让人沉迷。那里没有急切的心情，没有紧迫的生活，没有让人心烦的工作，有的，只是轻描淡写的舒适的安闲。

芬芳的花田中，一座欧式的庄园娴静地矗立着，我就住在那大大的房子里，每天早起，打开卧室的落地窗，走上大大的阳台，环视着四周那无边无际的淡紫，在无限的芬芳中开始一天的生活。

我可以简单地梳洗，随意地打扮，我可以素面朝天，不需要任何胭脂水粉。我可以坐在阳台上，让阳光洒满我的心扉，静静地在花香的怀抱中，写着心中想记录的事情，在文字的世界中徜徉。

累了，抬起头，看一看那大片的花田，想着那里是否有可爱的精灵在舞蹈。我想，应该是有的吧。她们穿着轻薄的纱衣，在花间跳跃着，若不是心地纯净的人，一定看不到她们。她们小心地擦拭掉每一枚花朵上的浮尘，点亮每一朵花的心，让花朵绽放在阳光下，摇曳在微风中。

或走下楼去，与她们一并在花间舞蹈，踏着不太熟练的舞步，摆着不太柔美的腰肢。跳着跳着，人便变得轻了许多，仿佛浮在一大片紫色的云朵上，那么轻盈，那么自在。花间的簌簌响动，便是世上最美好的音乐了。

只是，这样的想象，这样的期望，在工作后就不再有了。我将它们收在了心里最隐蔽的角落里，不让任何人看见。起初，还会在无人之时，偷偷地将它释放出来，透上一口气。后来，心里积压的东西越来越多，它也被压得越来越深，深到我已快要忘记。

人们常说，成长的代价便是让自己变得圆滑世故，变得八面玲珑，学会做一个不一样的自己，这样才能够左右逢源。步入社会后，我便开始学习，学习克制自己内心最真实的渴望，压抑自己最真实的声音，放弃内心深处真正想要的生活。为了逢迎他人的喜好，为了获得工作中的便利，我真的让自己成为了另一个人，一个看上去年轻干练的白领女性，一个衣着光鲜、一丝不苟的都市丽人。

　　白天，我会对身边所有人露出谦和自然的微笑，会优雅而严谨地对待每一项工作，而晚上，回到家中，我却如何都无法继续笑出来。白天挂在嘴角的微笑太沉重，所以，我累了。看着镜子里那个面无表情的自己，听着自己有气无力的声音和深夜中孤寂无援的心跳，我真的好累，好累。

　　单纯的自己是快乐的，虽然没有值得羡慕的收入，没有出人头地的工作，但是内心的那份真实感，那份踏实感，却是没有什么能够取代的。既然如今的梦想和生活都不是自己真正想要的，既然如今已经想起了真正想过的生活，为什么不去让它变成现实呢？

　　决定了，于是回到家，买了到巴黎的机票。带着那个梦，带着对新的生活的期望，带着对唤醒内心深处那个自己的渴望，出发！

马赛机场·脚尖指向未知

  巴黎的早晨很美,清风微凉,金黄的叶子随意飘落在地上。一位佝偻着身子的白发老妇人缓缓走来,衣服的质地极好,款式极简单,黑色皮鞋上没有一丝灰尘。远远望过去,像是一个优雅冗长的电影镜头,也像是某位画家笔下的风景作品。

  路的两侧,最多的是咖啡馆,此时都紧闭着大门,酣睡在街边。这是一座有魔力的城市,梵高们也曾迷失在这个精致的秩序里,不过,内心那个清醒的声音在告诉我,最后,他们都逃离了这里。

  太阳渐渐升起,公寓里面开始走出精致衣装的姑娘,T台上的时尚元素早已被她们炼成生活化的配饰,披挂在身上,骄傲在脸上。看着她们,我在想,假如我没有离开那里,此刻的状态也正是一个山寨版本的她们。

  巴黎的美,已经并非我心中所要追逐的。这里是去普罗旺斯的必经之地，而我，对这里并无半点留恋。我看着数不清的新款名牌包和夸张眼线从面前走过，那些正是我要告别的。我清楚自己脚尖的方向，尽管此刻它仍然指向未知。

我带着行李，拦下出租车，目标直奔机场。沿路上，有些咖啡馆已经渐渐开门，挂上了"open"的牌子，一些穿着西装的人推门而入，他们翻阅着报纸等待一杯咖啡，他们关心股市与花边新闻，他们安静而没有交流。我在想，莫非这个城市已经遗忘了波伏娃和萨特，他们曾经坐在那里热烈地谈论存在主义。

走入机场大厅，换完登机牌的一瞬间，我的心跳开始加速起来。马上就要飞向那个令我魂牵梦绕的地方，可是这种类似"近乡情更怯"的复杂心情，总是有些纠结和不知所措。

飞机缓缓起飞，飞过大片大片的农田，空气里也携带着农作物的甜香。慢慢地，地面化为地图上的抽象线条，再大的城市，也只不过是宇宙里的一颗尘埃。

从巴黎飞到普罗旺斯的马赛近郊，只有一个多小时，这时间实在太快，仿佛还来不及整理自己的思绪，我竟已经来到了它的上空。是的，看到蔚蓝的地中海，就意味着普罗旺斯到了。

在马赛机场，这个十分靠近马赛小镇的地方，我的脚尖第一次触到了这片梦幻的土地。这种感觉，既陌生，又熟悉。

沿着指示牌，我拉着行李走出了马赛机场，每一个步伐都充满了期待，亢奋得快要飘起来。但也有那么几个瞬间，我有些糊涂，我所选择的，究竟是冒险，还是回归？

走出机场，我嗅到了风的味道，也感受到了它的柔软。它轻轻拂过我的耳边，仿佛在低语："你来了，这里等你很久了。"

打电话给汽车租赁公司，用我还不流利的法语，租来了一辆车子。在这里，租车的价格区间很大。人们可以按照自己的实际需求，租到各种品牌的各种车子，比如标志、雪铁龙、雷诺，和其他国家的经典品牌，等等。而且车的后备厢尺寸，有一些实在大得惊人。

为了订到一辆称心如意的车子，我做了不少提前的功课准备。在这里，租车公司都会十分重视个人主张，服务比较细致，所以我必须整理出所有自己想要的需求和性能，清晰地表达出去，最后才能找到一辆最合心意的车子。

顺利搞定了车子，将行李全部堆进去，我去路边买了很多份米其林地图，因为害怕丢失，我必须要多买几份备用。

行驶在普罗旺斯的路上，我的心情还没有平复下来，在开始的几分钟里，头脑空白，只是盲目地向前开着。18世纪法国大革命之前，法国贵族的马车靠左行驶，而徒步行走的平民走在路的右侧。在受尽压迫的底层人民看来，"靠左行"意味着贵族与特权，而"靠右行"则带有"革命"的意义。所以法国大革命后，拿破仑将"左行"改成了"右行"。

路上，美丽的风景渐渐征服了我的眼球。原来普罗旺斯的美不仅是翻腾的紫色，更多元，更丰富。在没有薰衣草的地方，依然处处都是难忘的景象。

从机场到马赛，路线复杂，一不留神就会迷路。所以我打起了十二分的精神，一路畅行。在巴黎的短暂经历告诉我，下车问路总是一件尴尬的事情，尤其是着急的时候，我总是会脱口而出英文，而有些当地人会疑惑地回应："English?"然后沉默着走开。

行驶沿路，看见很多商铺店面挂着用网兜装好的大蒜。这景象让我大吃一惊，完全出乎意料。了解这里的饮食习惯之后才知道，原来大蒜还真的是主角。

不论是加入了辣椒的大蒜辣椒酱，还是大蒜、罗勒、橄榄油、奶酪制成的蔬菜蒜泥浓汤，几乎在人们所钟爱的料理和调料中，都离不开大蒜的身影。

看得久了，洁白饱满的大蒜倒也有了几分喜气或是丰收的味道，让人油然而生出一种满足感。我的眼睛，带领我率先走进了马赛的民俗，这一刻起，我真正走进了普罗旺斯的生活。

作为普罗旺斯的首府，马赛是它的心脏，它被写进法国国歌《马赛曲》，这里一定牵动着一个国家的灵魂和命脉。

我走下车，站在海港旁，闭上眼睛深深呼吸着这里的空气，那一刻我分明感受到，某一部分的过往，被悄悄抽离了。

港口码头·大蒜与香草的气息

《马赛曲》的发源地马赛，是法国最大的港口城市。它有着两座港口，新港和旧港。旧港位于马赛市中心，如今已经成了大量游艇的停泊之港，而新港位于城市的西面，由马赛港区、拉沃拉和贝尔港区、卡隆特港区、圣路易港区和福斯港区5个港区组成。如今法国人口中的马赛港，主要指的是新港，那"欧洲第二大港口"的美誉，也是针对新港而说的。

出发前，一位同事一听说我会去马赛，便不停地摇头，仿佛那是一个极其糟糕的城市一般。那人说，马赛是一座肮脏的城市，城市里充满了混乱、无趣甚至无处不在的危险，如果我非要去那里，唯一一个值得我去看一下的地方只有马赛的新港，那不但是法国最大的商业港口，同时也是地中海最大的商业港口，那里的繁华让许多人看过后都感到羡慕和赞叹。

他也提到，马赛还有一个旧港，不过那里现在已经只剩下乱糟糟的鱼市，被涂鸦的雕像，到处充满着颓废生活的气息，没什么值得看的。可是，不知怎的，当他这样对我说的时候，我竟然瞬间对新港没了兴趣，相反地，对旧港的兴趣却不由得增加了。我想，或许是因为他口中所述的新港沾染了太多商业化的东西吧。

　　有人说，一个人在生活中经历过一些特别的事后，性格会发生变化，喜好也会发生变化，也许会变得面目全非，也许会在几次改变后回归最初的自我，或许，此时的我便是如此吧。

　　若是早两年，听到身边的同事这样说，我一定会采纳他的建议，去繁华的马赛新港游览，以港口那些忙碌的船只为背景拍上几张照片，上传到微信的朋友圈，然后等着看大家羡慕的评论。毕竟那时，旅游对于我来说是一种开阔眼界的方式，我认为，只有不断让自己看到更好的、更闪耀的，才能让自己更有斗志，更努力地去争取，去向着那些还不属于自己的地方前进。

　　而现在的我，又开始怀念那些自然的、简单的生活，怀念那些悠然自得的心情，所以才会想要离开工作多年的那座城市，远离那片商业化过重的氛围，远离那些被金钱利益熏蒸得变了颜色和味道的景观，想要回归自然平淡的生活。既然旧港是那样充满生活气氛的地方，那么我有什么理由不去那里看一看呢？

　　我先去了新港，去看了那些坚实而冷漠的起重臂将一个个巨大的集装箱吊上吊下，那些箱子中，有的装着原油，有的装着成品油，有的装着各种化学制品，有的装着干散货，有的装着各种杂货，还有的装着汽车……看着起重臂上上下下地忙碌着，我默默地向它们打了个招呼，简单地拍了几张照片，便离开了，我知道，这里不是我此刻最想参观的地方。

　　刚一靠近旧港，一股特别的气味就将我包围了起来，有一点点咸味，还有一点点的腥味，让我的脑海中浮现出一幅画面，一位刚刚从海中走上岸的少女，棕色的头发湿漉漉的，眼中是透明的蓝色，她的怀中抱着一条大鱼，脸颊上透着一点点的粉红，长裙上散发着海洋的味道。

我知道，这味道一定来自于马赛旧港的鱼市。每天早上，渔民们都会把清晨打到的鱼拿到鱼市上来卖，所以早上的时间总是鱼市最为热闹的时候。我到达那里的时候，虽然已经错过了早上，但是鱼市还没有完全散去，一些卖完鱼的摊主已经离开了，只剩下地面湿湿的水印和还未散尽的鱼腥味；而那些没有卖完鱼的摊主中，有些已经开始收拾，另一些则仍然守着他们的摊子，想要再卖出一些。

闻着空气中弥漫的海洋的味道，我想，如果再早一些到达这里，眼前一定会是满目的鱼摊，不知小小的旧港码头上同时聚集着无数的人和鱼的时候，会是怎样的一幅场景呢？

虽然我的行李并不多，不过带着行李闲逛可不是一个好主意。将行李送到附近的旅馆，简单地安顿一下，再出来时已接近中午，鱼市也已经散去了，此时我才看到码头旁停泊着的各种各样的小艇和渔船，那些小艇和渔船紧密地停在一起，在阳光的照耀下，那林立着的桅杆的最尖处闪着光，像是在接收来自天空的讯号一般。

旧港的周围开着许多家商铺，有小餐厅，有咖啡馆，还有一些出售纪念品的小店，这些建筑都是马赛人在第二次世界大战后建起的。那场战争使世界上许多国家的许多座城市都遭受了一场罕见的灾难，就连这个可怜的小港也没能幸免。第二次世界大战过后，除了极少数的古迹在战争中得以幸存，这里几乎变成了一片废墟，后来，当地的人们对这里进行了重建，便有了今天的马赛旧港。

漫步在旧港码头，紧随而至的，是在这座城市中几乎随处都可以闻到的味道，有一点点的香味，轻轻凉凉的，那是香草的味道；有一点点的浓郁，厚厚的，但却软软的，那是大蒜的味道。这两种味道与那份海洋的味道混合在一起，让我感到自己的面前好像正摆放着一碗别具风味的海鲜浓汤。

提到海鲜浓汤，不由得想起在网上看到的一篇文章中说，在普罗旺斯，最著名的一种美食便是被称为马赛鱼汤的一种马赛海鲜汤。这种汤不但在法国非常出名，在国际上也是享有盛名的，就连许多文学作品中都频频出现它的名字，既然到了马赛，自然没有不去尝一尝的道理。

在旧港码头我一边散着步，一边思量着哪家店里可以尝到最正宗的马赛鱼汤。恰好遇到一家三口，手中提着一些鱼，脸上洋溢着幸福且自然的笑容，那笑容和地中海的阳光一般明媚，让人看了心中就觉得安心和温暖。看他们的穿着，应该是一早打完鱼便去了鱼市，刚刚从鱼市上收摊。他们发现我在看他们，友好地对我笑了笑，那笑容让我不由得放下了犹豫，走上前，向他们打听关于马赛鱼汤的事。

这家的父亲是土生土长的马赛人，他听过我的话，爽朗地笑了起来。他告诉我，马赛鱼汤其实并没有绝对正宗或不正宗这种说法，因为这种汤最初是由当地的渔民们制作的，而制作的原因，只是因为有时打的鱼卖不完，扔掉太浪费，烹饪又太麻烦，最后想出一个办法，就是用这些鱼加上海鲜和各种作料来煮汤。

如今，由于不同的店里所用的鱼不同，所以每一道马赛鱼汤味道也都不同，不过，虽然没有人规定马赛鱼汤中必须要放入的鱼的种类和数量，但是所使用的鱼却一定要是生活在地中海的，而且至少要有6种。另外，橄榄油、洋葱、番茄、大蒜、西洋芹、茴香、百里香、葱、桂叶、番红花和柳橙皮这些香料也都是必须要加入的，无论哪一家饭店，在这一点上绝对不可以含糊。

在这位热情的马赛大叔的指点下，我找到了一家供应马赛鱼汤的饭店，尝到了心念已久的马赛鱼汤。当鱼汤端上来的时候,我被震惊了,很大的一碗,汤是金黄色的,散发着浓浓的香气,鱼的香气,混合香料的香气,如此丰富的内容和如此大气的分量,和印象中以精致著称的法国菜很是不同。

与汤一并端上桌的,还有一盘干硬的脆面包片、一碗金黄黏稠的酱料、一碗切成细碎丝状的起司和一些蒜头。我正诧异着要如何吃下这些东西,恰好看到邻桌的客人也点了这道菜,于是小心地观察起来。

先将大蒜在面包片上来回摩擦几次,干干的面包便沾染了大蒜的香气,然后,用酱为面包片涂一层金黄色的外衣,再撒上起司丝,最后放到汤中泡一泡,就可以吃了。不知为什么,看到这一系列略带孩子气的吃法,我的脑海中竟然浮现出了国内一个有名的饼干广告。

我模仿着他们的样子吃了起来,因为一向比较喜欢起司的味道,于是便多撒了一些在面包片上。将面包泡入汤中,看着干硬的面包片一点点地吸入汤汁,最后变得柔软,仿佛能够听到那面包片在大口大口畅饮汤汁时发出的畅快的叹息。

优雅地吃着面包片,喝着马赛鱼汤,面包的味道,大蒜的味道,酱料的味道,香草的味道,海鲜的味道,一波又一波冲击着我的味蕾,让我的舌头应接不暇。

喝过汤,刚想着让味蕾休息片刻,却看到侍者端上来一大盘鱼肉、海鲜和配菜,并在上面浇上了我刚刚喝过的那种鱼汤。这时我才知道,原来马赛鱼汤不只有汤,还有主菜,只不过主菜和汤并不是同时上桌而已。看着这一大盘美味,我不由得吞了吞口水,再也顾不得之前的矜持,放开肚子吃了起来。

已经有多久没有这样开心地吃东西?我记不清了。工作后,在外吃饭的机会多了,应酬的机会多了,却不再有品尝美食的心情,餐桌上的各种礼仪和规矩约束着我的嘴、我的心、我的胃,多少次食不知味,多少次不得不勉强说服自己放下筷子,端起酒杯。

　　一顿马赛鱼汤,让我想起了自己最初的那份感动,那份单纯和自在,它带给我的,不但有味觉上的享受,也有内心的舒适和放松。细细地品味着其中的美妙,我的心,也随之变得坦然了。

茴香酒·怎奈回忆斑驳

在马赛吃海鲜，有一样东西是不可错过的，那便是茴香酒。无论是高档的酒店，或是简约的小酒馆，都为顾客准备了茴香酒，用以佐鱼、贝类、猪肉和鸡肉等菜肴。

第一次听说"茴香"这个词，是在中学课本里一篇名为《孔乙己》的课文中。当时，文中那位老先生一边吃着茴香豆，一边故作高深地向人讲述"茴"字有四种写法的片段令我记忆深刻。听说，因为这段描写，茴香豆这种零食的名气大增，很多去那里旅游的人都会慕名而尝，并且带一些回去馈赠亲友。我也因为读了这段文章后，对茴香豆产生了极大的兴趣。不过，直到大学时遇到家乡在那边的同学，让他们帮我带了些回来，才真正地尝到了它的味道。

在烹制茴香豆的过程中，茴香并不是最主要的香料，所以在喝到茴香酒之前，我以为茴香酒中的茴香也只占有极微小的比例，用来使酒中略微带有茴香的香气而已，却不曾想到，一口茴香酒入口，一股浓郁且有些苦涩的香气在身体里乱撞，向上直冲上我的额头，向下压入我的胃部，令我许久都没有缓过神来。

好心的侍者为我端来清水，告诉我茴香酒在饮用之前需要用水稀释，或者兑入饮料，我按照他的提示将酒稀释后再慢慢地品尝，感觉果然好了许多。淡淡的香气萦绕在口中，缓缓随着呼吸游走于身体之中，仿佛每个细胞都浸在这香气之中了。

原来，在马赛，没有人会直接饮用茴香酒。即使是口感较为清淡甘甜的新型茴香酒，也会习惯性地兑入清水后再饮用。我刚刚喝下的，恰好是味道较为浓重的一种，那苦苦的味道，不同于醇厚的黑咖啡，却有些类似小时候在爷爷杯中偷偷尝到的苦茶，我一瞬间仿佛看到了清瘦的爷爷端着茶杯，慢慢地呷上一小口，然后坐在老旧的藤椅上，翻阅着一本不知哪一年出版的旧书。

这种特殊的酒是如何制成的？我饶有兴趣地与当地酒馆的老板攀谈，从他口中得到了答案。原来茴香酒是一种经过调制而成的蒸馏酒，其中的茴香气味来自含有大量苦艾素的茴香油。由于使用的场合和效果不同，茴香酒也可分为许多种，其中作为开胃酒的茴香酒使用的是从八角茴香中提炼出的茴香油，而作为利口酒的茴香酒使用的是从青茴香中提炼出的茴香油。另外，制酒商们还在酒中加入了色素和焦糖，用于使茴香酒的口感变得更好。

有许多种美酒的诞生都与意外有关，比如葡萄酒的传说之一，是一位失宠的妃子误把发酵的葡萄当成毒药，想用它来寻死，却意外发现了葡萄发酵后能成为美味的葡萄酒；又比如绍兴的女儿红，本是一位父亲因为得了女儿心灰意恼，将酒埋入了桂花树下，却没想到女儿出嫁那天，这些酒都变成了格外香甜的美酒。

关于茴香酒也有一个故事。很久以前，普罗旺斯最为有名的酒并不是茴香酒，而是由苦艾调制的苦艾酒。苦艾酒的主要原料是茴芹、茴香和苦艾，原本是一种法国军队中使用的药酒，由于酒精度数超过了50度，所以不宜多喝。19世纪中叶，法国的一些贵族开始将这种酒加入冰水和方糖，作为餐前开胃酒使用，随后，许多艺术家也开始对其浓郁的芳香和略苦的口感欲罢不能，将这种酒作为自己每日必饮之物。

这种苦艾酒对饮酒的人会产生很大的危害，有些人因为饮用这种酒过多而失明，还有一些人因为喝过这种酒而产生幻觉，失去理智，最后沉迷在这种幻觉中不能自拔。据说，著名的画家梵高正是因为喝了这种酒，才会将自己的耳朵割下。一时之间，苦艾酒成了"罪恶之酒"，如同罂粟花一样背负了许多的骂名，不过即使如此，仍然有许多人痴迷于这种酒，直到"禁酒运动"席卷整个欧洲时，苦艾酒才销声匿迹。

没有了苦艾酒的陪伴，许多喜欢喝酒的法国人的心中顿时感到空空的，仿佛有什么东西被抽走了一般。幸好，这种感受没有持续太久，很快便有人用茴香酿制出了一种名为茴香酒的新酒，这种酒与苦艾酒有着相似的香味，却不会像苦艾酒那样具有太多危害。

在普罗旺斯，几乎家家都能酿制出茴香酒，因为在这里，茴香实在太常见了。然而不同于那些对外销售的茴香酒，这些家酿茴香酒的酒精浓度都非常高，非常容易喝醉，不夸张地说，即使是一位酒量非常好的人，只要随便从哪一家中取出一杯自酿的茴香酒喝下，都能醉上一天一夜。本来我对自家酿制的茴香酒抱有不小的兴趣，可是听人这样介绍后，我便不敢贸然去尝试了。

由于太多法国人太沉醉于传统的苦艾酒的味道，所以茴香酒一登上法国众多餐馆和酒店的酒架后，就再也没有从酒架上下来过。如今，不但各家餐厅中都摆有不同种类的茴香酒，就连许多描写法国的文学作品中也随处可见茴香酒的身影。由此可见茴香酒的名气之大。

我在不同的酒馆品尝到了不同种类的茴香酒，对这类酒的了解也渐渐多了。这种法国销量最大的酒不仅包含许多品牌，如 Pernod（彼诺）、Ricard（里卡）、Casanis（卡萨尼）、Janot（加诺）、Granier（卡尼尔）、Pastis（巴斯的士）、Berger Blanc（白羊倌）等，也包含许多种口味。

当一些制酒商们极力模仿着传统苦艾酒的风味调制着茴香酒时，另一些制酒商们则在努力进行创新，极力想要调制出一种既不失传统又富有新风味的茴香酒。在众多茴香酒的品牌中，Pernod 和 Ricard 这两个品牌所占有的地位是不可小觑的，它们如今已经成为了法国茴香酒的代名词，人们只要一提到茴香酒，就会自然而然地想到这两个牌子。

Pernod 牌茴香酒相对于其他几种茴香酒来说，酒精含量相对较低，口味也比较甘甜，尝不到太多苦艾的苦味。而 Ricard 也被称为真正的马赛茴香酒，它是一位名为 Paul Ricard 的蒸馏师调制成的。为了调制出一种近于完美的马赛茴香酒，这位调酒师不断进行试验，并且将自己每一次试调的酒带到各种酒吧中，请酒吧的客人们品尝，然后记下客人们对酒的评价。经过不断的试验，1932 年，他终于调制出了最符合大众口味的茴香酒，并为其命名为 Ricard。

普罗旺斯对于许多人而言，是一个无忧的地方，这里的人们生活节奏缓慢，每日悠闲的神情让见到他们的人都会不由得感到一种平静。一如这里的人一般，茴香酒中也沾染了不少悠闲的情致。坐在酒馆里，点上一杯茴香酒，看着那些或淡黄，或黄，或绿莹莹的颜色在遇到水后，突然之间凝结出一片云朵一般的乳白色，那简直是一场惊艳绝美的舞蹈。最后，那朵白云静止下来，停留在杯子中间，那样静，那样美，仅仅是观看这一过程，就能够让人的心情舒缓而平和下来。

这也是茴香酒格外吸引人的一个特点。一边喝着味道独特的茴香酒，一边看着杯中上演的这一幕，谁的心中还能够容得下那些混乱的愁绪？谁的心中还能够存得住那些繁杂的忧伤呢？那些沉重，早已被那团轻飘飘的云朵吞噬并消化了。

品尝茴香酒的过程，是一种自我放松的过程，不同于那些清心的经文，需要不断地诵读或默念，也不同于那些催眠的咒语，需要用心倾听。或者说，茴香酒本身就是一种被写下了咒语的酒，能够让喝下它的人不自觉地进入一个不一样的世界，在这个世界中，不需要约束，不需要克制，不需要勉强，不需要做作，不需要逞强，只要自然而然地让那酒在身体里徘徊游荡，整个人就会坠入一种无忧无虑的状态中。

有些人会醉得放弃了自己的身份和地位，不顾自己的形象，顺势倒在路边的长椅上酣然入睡，有些人会醉得拿起电话，拨出平日里没有勇气或刻意去逃避的那个号码。而只是小醉的我，则选择踏着轻飘飘的脚步出门，在街头缓缓地游荡。此时，我不再是那个整日为了工作奔忙的白领，不再是那个故作镇定和坚强的女强人，我只是一个孤单而简单的女孩。

出马赛的小餐馆，迎面而来的是地中海的阳光。那阳光温暖而坦率，明亮而直白。独特的地理位置使这里长年阳光充足，无论夏季还是冬季，都可以随时与明媚的阳光邂逅，在阳光中尽情地沐浴，展开一段浪漫而惬意的畅想。为了不浪费这得天独厚的赏赐，旧港附近的咖啡店都设置了许多露天的咖啡座，使客人在品尝咖啡的同时，也不会错过那阳光的抚慰。

温暖的阳光，烘干了衣架上的衣服，烘干了不小心碰翻玻璃杯洒出的柠檬水，也烘干了人的心情。

紫杉堡·基督山伯爵

梦游般回到旅店，将自己丢在床上，一觉睡去。第二天醒来，又是阳光明媚的一天。简单洗漱完毕，涂一点防晒霜，在旅店随意地吃了点早饭，便带着相机出门了。看着湛蓝的天空，和空中浮着的丝丝白云，心情格外地好。随手拍下几张早晨的街景和天空，便收了相机，向码头走去。

今天要去的地方，是位于马赛西南方的紫杉堡，一个原本寂静无声，却因《基督山伯爵》一书而驰名于世的地方。

紫杉堡又名伊夫堡，虽然伊夫堡才是它正式的名字，但是对于许多人来说，伊夫堡的名气远远不如紫杉堡这个名字响亮。紫杉堡与马赛的陆地并不相连，它位于马赛西南方的一个小岛上，需要乘船才能够到达。这座小岛虽然是马赛面积最小的岛，却因为紫杉堡的存在而成为了最吸引游客的小岛。

紫杉堡距旧港的码头并不算太远,站在码头上便可以隐约地看到它的轮廓,在一座如放置过久的石膏一般灰白色的小岛上,一座有着三个塔楼的城堡孤单地、安静地站在那里,遥望着旧港的码头,仿佛一只孤独的忠犬想要回到主人的身边,却又不得不坚守着自己的岗位。

旧港的码头停泊着许多的船只,这是我来的第一天便注意到的。那些小型的游艇基本上都是私人拥有,只有那些较大的游轮才是供游客们乘坐的。然而这些游轮所行驶的路线却并不相同,时间也不相同,自然价格也是不相同的。

有些是环着海岸线行驶的,路程较长,时间较长,价格也较贵;有些是往返行驶的,路程较短,时间较短,价格也相对便宜一些;还有一些是专门将游客送至某一地点的,我所要乘坐的,便是每天早上9点出发的,专门将游客送至紫杉堡的游轮。当我到达码头时,已有不少人正在排队等待,于是我加入了他们的行列。

我去的时间刚好,只等了十几分钟,游轮就到了。付了10欧元的往返船费,登上游轮,找了一个靠近船沿的露天位置坐了下来,闻着海水的气息,感受着阳光的温暖,心情格外地舒坦。在小孩子的欢笑声与老人们的交谈中,游轮一点点地离开了码头,只留下艇下一串串洁白的水花。

游轮驶出港口后便加快了速度,海风迎面而来,凉爽而清新。近岸的海风不是很大,却很调皮,那海风不断钻入我的头发中间,然后挑起一缕缕的发丝,让我的头发顿时有了蓬松感。海风吻上我的额头,冰冰凉凉的,昨夜最后的一丝醉意随风而去,人也精神了许多。

离紫杉堡越来越近,看得就越来越清晰,那灰白色的城堡和灰白色的小岛几乎合为了一体,与其说那是一座城堡,不如说它更像是一尊雕塑,城堡的底座有着分明的棱角，像是用刀子切割过，而圆柱形的塔楼又是那样的圆滑，像是用细砂纸精心打磨过。小岛岸边的岩石像是用石膏雕刻出的云朵，看上去很蓬松，很慵懒，却同样坚实。

我的想象还没有结束，游轮便已经靠岸了，从上船到下船，不过 20 分钟左右。大批的人流走下游轮，登上这座方圆不足四万平方米的石灰岩小岛，那曾作为军事用地而存在、后用于囚禁政治重犯的城堡便实实在在地站在我头顶了。面前的隧道中好像有一种古老的声音从中传出，对我发出召唤。

游轮靠岸的地方距离岛上的平台还有很长一段路要走，而这条路的起点，便是我面前的这条隧道，或者也可以称它为回廊，这条回廊非常曲折，每攀爬一段台阶，就会遇到一层阻碍，或是高大的墙垛，或是坚固的大门，只有不停地转弯，绕过它们，才能够继续前行。

刚一进入回廊，阳光便暂时与我们分别了，空气也显得阴冷了许多，仿佛穿行在幽深的深谷中一般，两侧高高的墙壁和阴暗的光线让我无形中感到一股强大的压力，压得我喘不过气来，这让本就害怕黑暗和寒冷的我不由得加快了脚步，想要快些离开这地方。幸好，这样的路只有最开始那一小段，剩下的回廊都是露天的，我的心情也就轻松了许多。

走了好久，没有去细数究竟爬了多少级的台阶，总之，终于走完了回廊，到达了平台，我稳定了一下心绪，准备继续前行。在进入古堡之前，要经过一座古老的木制吊桥，桥并不是很长，只有五六米长，桥下约两米深，是一条壕沟，如果将桥吊起，外来的人便无论如何都不可能进入这座城堡了。

先有曲折复杂的"九曲回廊"，又有古老的木制吊桥和壕沟，可见想要进出紫杉堡有多么的不容易。而事实上，在 16 世纪的马赛，走进这座城堡的人几乎没有机会去感受出来的不容易，因为当初走进紫杉堡的人，都是一些重要的政治犯，等待他们的，除了终身监禁，还会有什么呢？

花五欧元购买了一张门票，从抬起的铁闸门下走过，突然冒出一个念头，若是这扇沉重的大门突然因故障而落下，无法开启，不知是否还有其他的办法能让我走出去。如果我真的被困在这样的城堡里，是不是就可以彻底远离世间那些纷乱，安静地度过余生。这突如其来的念头把我吓了一跳，我甩了甩头，拿过检票处的简介，走了进去。

紫杉堡并不大。如今的紫杉堡早已没有了作为驻守之堡时的那份战争和硝烟气息，事实上，虽然当初它是为了防御而建，却并没有真正地发挥多久的作用。在早期那些年，它由于其险要的地理位置，曾在战争防御中起到了非常重要的作用，也同时成为许多外来入侵者争相抢夺的阵地。然而当攻击力更高的舰艇和大炮问世后，它的使用价值也随之下降了。

1658年，路易十四将这座城堡变成了囚禁政治犯的监狱，从此，孤独便笼罩了它，也笼罩了这座小岛。传说，当年路易十四将他的孪生兄弟戴上铁面后，也将他囚禁在这里过，不过那只是传说，真实的情况是什么样的，没有人说得清楚。

1953年，法国政府将紫杉堡定为国家历史文物保护单位，并对其进行了维修和管理，但是这些维修都是建立在保护它原有面貌的基础之上的，这一点，从它原汁原味的古老气息上便可以看出来。

当我真正接近紫杉堡的时候，我才发现，它并不是我最初看到的那种如贫血的少女脸色一般灰白的颜色，而是微微地泛着土黄色。四周的围墙都是用碎石垒起的，更加使整座城堡透着古老的气息。碎石砌成的围墙看起来有些像超市里卖的那种碎米制成的点心，但事实上它并不脆弱，数百年来，它们一成不变地守卫着这座城堡，也同时守卫着马赛城。

城堡上的三个塔楼有着各自的名字，分别是克里斯多福1号塔、圣尧姆2号塔和莫高维3号塔。这三个塔楼分别建立在城墙的三个角上，其中，克里斯多福1号塔最高，它位于西北侧，也就是当我在远处看时，感觉像是小狗的头的那座塔楼。由于最初是用于防御的建筑，每一座塔楼上都有一个宽而大的炮孔。

紫杉堡并不高，总共只有三层，一进入城堡的大门，便到达了第一层。第一层没有窗户，在作为防御堡垒时，这里曾是驻守士兵的休息间、储物间和厨房，改为监狱后，这里则成为了地牢。现在，这里成了介绍紫杉堡历史的展厅。其中一面墙上挂着一幅由德国著名油画家丢勒创作的《犀牛》版画，这是因为曾经有一头犀牛在这座小岛上停留过一段时间，很可惜的是，这头犀牛在离开这座小岛的途中遇难，最后只剩下这张版画还留在古老的墙壁上。

城堡的中间有一个天井，呈四方形，很小，站在天井向上看，只能看到四周的高墙和头顶那块四方形的天空。这让我想起某年我受伤在家里看到的景象，那时的我不能走路，每天只能坐在床上，看着窗外那块四方形的天空和对面的屋顶，等待着偶尔有鸟雀飞过。

那时我住的地方也是一个有类似天井的地方，四周的楼房将我的视野挡得严严实实，想要多看一点其他的景色都是不可能的。虽然只在家修养了两个月，对于我来说，那段日子却是再也不想经历的，空荡荡的房间里，每天都只有我一个人，看到的永远是那一块天空，那种感觉就像被囚禁一般令人压抑。

穿过天井，看到两扇厚重的大铁门，那便是地牢的大门，一进地牢，便感到一股阴森的寒气，这让我不由得打了个冷战。地牢里大部分地方是不见天日的，只有一面墙上有一个小小的透气窗，虽然很小，却也用手指般粗细的铁条焊了一面栅栏，以防止犯人逃跑。地牢最里面那间密不透风的，便是小说《基督山伯爵》中的主人公埃德蒙·邓蒂斯的关押地。或许是为了烘托气氛，监狱的管理者还特意按照书中的描写，在隔壁设计了一个与这间牢房相连的牢房，并在两间牢房之间开设了一条秘密通道。墙角的小电视里反复播放着《基督山伯爵》的电影，提醒着来往的游客，这里便是那最为著名的牢房。

四周砌有一条条的石阶，那些石阶通往的地方，便是监狱的第二层，也就是那些炮孔所在的位置。沿着石阶向上走，每走几步就会看到墙壁上的铁栅栏和洞孔，那些洞孔的后面也都是牢房。原本作为安放防御设施的第二层，自从被改作监狱后，便成了关押要犯的地方，这些炮孔则被里面的犯人当成了精神寄托，他们会透过这些炮孔去看外面的世界，想象着外面的世界是多么美好，外面的空气是多么清新。

走进塔楼，会看到一个旋转楼梯，楼梯很狭窄，蜿蜒地通向塔楼的顶端，也就是第三层。小心地爬上楼梯，推开面前的一个小门，一个宽广的平台便出现在我的眼前，呼吸也顿时顺畅了许多。是的，紫杉堡的第三层是一整个平台，这里可以说是整个城堡最宽阔的地方了。站在上面，不但能够看到小岛的全貌，可以欣赏到地中海的风貌，还能够看到与其一海之隔的马赛。根据手册上的介绍，我在西南方找到一处笔直矗立的岩石，我知道，那下面是许多来到岛上的犯人最后的归宿，他们在那里沉睡，并且再也没有醒过来。只是在小说中，大仲马将它变成了邓蒂斯重生的地方。

当海鸥的鸣叫清丽地响起，当海浪以不变的节奏拍打着沙滩，当海风呼呼地吹响心中的那只号角，小说《基督山伯爵》中的那些片段又一次浮现在了我的眼前。我仿佛看到了被囚于牢房中的邓蒂斯，看到他的悲伤，看到他的痛苦，看到他的委屈和愤怒，而后，我看到了我自己，看到自己在一个无形的牢房中苦苦挣扎，打转，却找不到解脱的出口。邓蒂斯在这里获得了重生。那么我呢？一连串的想象冲进我的脑海，我又有些迷茫了。

不过，当我回过神，再次去眺望那波光粼粼的海面，去眺望那洋溢着和平安宁的马赛城时，我的心又变得明朗了。那些激烈的战争最后都成了过去，这座小岛曾充满的阴森和恐怖也都已经散去，不快乐的事情都有结束的一天，我那些不快乐也一定会过去。这样想着，我的心又一次轻松了。

南部陶器·细节中绽放的美

陶器，一种能够汲取岁月精华的工艺品。

小时候从电视剧中看到的一些陶碗和陶罐构成了我对陶器的第一印象，于是在很长一段时间内，一提到陶器，我头脑中最先浮现出的，便是那些泛着棕色和土色、散发着古老韵味、脆弱不堪的器皿。长大后，我才知道，陶器其实有很多种，并不是所有的陶器都是出土文物，也并不是所有的陶器都只有黑、灰、棕等深暗的颜色。

渐渐地，我爱上了陶制品，陶器在我的心中不再仅仅是一种带有岁月痕迹的物件，还是一种能够清净人心的宝物。用一根细细的竹筷轻轻敲打着它们的边缘，听它们发出的清脆声响，心也不由得随之变得清净了。

陶器也是有年龄的，上了年纪的人会在一言一行中透出沧桑感，上了年纪的陶器也有着其特有的沧桑感，那种沧桑感是天然的，年纪越大的陶器，越是有味道。

那些上了年纪的陶器多出现于法国南部，它们的色彩偏暗，即使是平日里最新鲜的黄色和绿色，到了这里，也显得深沉了许多。然而，虽然色彩上不是那么的明亮，它们却仍然能够散发出诱人的光泽。

陶器对于自小就爱好传统工艺品的我来说有着很大的吸引力，早听说法国南部的陶器有着它们独特的味道和魅力，于是早在到达马赛之前，我便早已将欣赏当地的陶器、参观制陶的小店的计划列入了我的行程。

想要见识一下普通的陶器很容易，因为在马赛，陶器是一种非常常见的生活用品。许多人家的餐桌上都摆着陶制的碗碟，这些传统的普罗旺斯陶器无一不拥有自然的色彩，给人以简单稳健的感觉。这些略带古色的器皿让当中盛放的食物看起来更加美味，也让一顿普通的家庭用餐显得更加温馨。此外，陶制的牛奶罐，陶制的咖啡壶，陶制的水壶等都是马赛家庭中常见的陶器，它们的身上沾染了浓郁的家庭气息，代代相传。

古朴和平实的陶器却并不是马赛陶器的全部，我也在一些具有浓郁文艺气息的陶器小店中看到了许多别具特色的陶制品。

有一家小店中摆满的竟然全部都是用陶土制成的小猪，有的憨态可掬，有的幽默俏皮，有的害羞腼腆，那一只只小猪表情生动，让人一见就喜欢。店里有一位亲和力十足的女孩，看起来只有20岁左右，我以为她是这家店的店员，与她交谈后才知道，她正是这家店的店主，因为自己特别喜欢猪，于是才开了这样一家小店。她说，她喜欢小猪那种安然知足的生活方式，也喜欢小猪那种单纯的性格，她在说这些的时候，眼中闪烁着对生活感到幸福和知足的光彩。听着她自然的讲述，看着她安然的神情，让我不由得也产生了一种轻松舒适的感觉。

从这家小店中走出，进入另一家小店，店主同样是一位20岁左右的女孩子，却相对腼腆。当我走进店内时，她正在专注地为手中的盘子上色，听到有人光临，她抬起头，礼貌地向我微笑，便又继续为盘子上色了。我环顾小店，看到许多色泽鲜亮的餐具，神态各异的陶像和风情各异的灯。我一件一件小心拿起，看过后再放下，亮丽的颜色映入我的眼帘，光滑的触感滑过指尖，像外面晴朗的天气一般令人舒畅。

又逛过几家小店，发现这些小店无一不充满着生活的情趣。每家小店都有其独特的主题，有的店以植物为主题，有的店以动物为主题，有的店中主要出售陶制的人物雕像，有的店中主要出售具有创意的生活用品……

逛完这里的所有小店，我发现这里的店主都有一个共同特点，他们对顾客热情却不殷勤，客气却不冷淡，不会像我在国内许多小店中遇到的那些店主一般，或是对顾客过于热情，一步一跟随，让人不得喘息，或是对顾客完全不理睬，自顾自地玩游戏或看电视剧。

参观过了富有现代气息的陶器小街，我打算去几个充满传统气息的地方看一看，首先去的便是位于马赛南郊的陶器美术馆。这家美术馆中存放的普罗旺斯陶器都是在时代的变迁中有幸得以保存下来的。

我喜欢陶器，不仅仅是因为它那诱人的光泽，光滑的手感，那一件件陶瓷制品中包含的情致和它们背后的故事也是吸引我的原因之一。由于久经年月，想要看到一些完好无损的古朴陶器是一件不容易的事，但我却仍然欣喜，并非我的心中抱有对残缺的美的喜好，而是那些陶器上的每一条细细的裂痕，每一个粗糙的缺口，都象征着一个年代，象征着一段经历，定睛观察着它们，仿佛能够听到它们在向我讲述着它们的故事，诉说着马赛的过去。

那些高亮度绿色的坛子曾用来存放葡萄酒；那些布满小孔的盘子曾用来盛放刚洗过的水果和蔬菜；那像烧杯一样形状，却带有一个小小的手柄的杯子其实是一个咖啡壶；那身材宽大的盘子不仅可以用来盛装食物，也可以用来洗菜，它已经在无数次清洗中失去了一些颜色，那上面的点点斑驳，仿佛在告诉人们它曾经的用途。

参观完这些古香古色的陶器后，我又去了位于解放广场的毕加索博物馆，在那里，存放着许多由毕加索亲自制作并绘制图案的陶器作品。

那些陶器上绘制着的每一笔都那么细致，哪怕只是一个小小的装饰。一只名为《栖息的黑猫头鹰》的盘子从正面看，能看到抽象的图案，从背面看，却能看到一系列彩色的花纹。在一只名为《亚维农少女》的罐子上，不仅能够看到毕加索最为著名的画风，还能够看到他利用陶罐本身的曲线展示出的少女的身姿。

大约在1946年，已是著名画家和雕塑家的毕加索被瓦洛锡出产的陶器所吸引，那些色泽美丽、形状各异的陶器让他怦然心动，而陶土的可塑性和可着色性也深深地吸引了他，让他不由得想要将自己的艺术感受力和创造力融入制陶的过程中。于是，打算从事制陶工艺的毕加索来到了瓦洛锡，准备开始他的新生活和创作。

然而，当时的毕加索虽然已经在绘画和雕塑领域中名声显赫，但是在制陶领域中，他却只是一名新人，他走访了许多工作坊，却没有任何一家工作坊肯留下他，直到他遇到了拉米夫妇，才获得了使用工作坊的机会，并拥有了一间属于自己的工作室。

制陶，一种蕴含丰富技巧的传统工艺。软软的陶泥，一经高温烧制，便成了能够发出清脆声响的陶器。现在的很多人对制陶产生兴趣，都是受到《人鬼情未了》中那一段经典情节的影响。每位观影者看到山姆从莫莉身后温柔地环住她，握住她的双手，与她一起制陶这段经典情节时，都不由得被那份浪漫温馨的气氛打动。于是，很多人将制陶看作一件浪漫的事，纷纷跃跃欲试，却直到亲自尝试时才发现，制陶其实是件很难的事情。

最初，毕加索并没有直接从事制陶，而是在已经成型的盘坯上绘制自己喜欢的图案，或在一些陶罐和陶壶上进行绘制。直到1969年，他才开始着手烧制属于自己的陶器，再将自己关心的动物、人像等绘制到陶器上。

毕加索亲手制作的陶器数量并不少，但是除了收藏在毕加索博物馆中的少数和在格里马尔迪博物馆隔壁的商店中出售的部分之外，大部分都被私人收藏了。为了欣赏到更多正版的毕加索的陶器，我也特意去了那家商店，有幸目睹了那些珍贵的作品。

那一件件陶器无论是形状还是上面绘制的图案，全部都有着明显的毕加索的风格。其中一件名为葡萄的陶制盘子售价为62000欧元，这昂贵的价格让我看得瞠目结舌。

离开这家小店，我突然想要去毕加索曾经从事制陶的地方——马多拉工作坊——去看一看，很可惜的是，这座工作坊如今已经关闭了。一扇上了锁的铁门身后是一个有些荒凉的院子，院子中的树看起来仍然健康，一些矮小的植物却显得很寂寞、很悲伤。我站在门外向里看去，并没有看到毕加索曾经的工作室，于是只好在头脑中想象那位天才艺术家当初是如何在那里从事陶器制作的。

在这个小小的城镇中，陶器是永恒的主题。那些精心制作、着色、烧制成的陶器仿佛都被充入了灵魂般，散发着诱人的光华，将我的魂也吸走了。

旅馆·心灵收容站

不知不觉中，来到马赛已有一周。不知不觉中，习惯了每天早上在明媚的阳光中醒来，有条不紊地洗漱，穿戴整齐，然后悠然地去吃早餐。不知不觉中，与旅馆的主人成了朋友，每天出门和回来时都会与他们打个招呼，而他们也会热情地招呼我，像对待自己的女儿一般。

我所居住的是一间家庭旅馆，与那些高档酒店和经济适用酒店不同，这里没有豪华的装饰，没有极具现代化的设施，没有彬彬有礼的服务生，没有规规矩矩的房间布置，我却住得格外舒心和自在。

对于出门在外的人来说，最幸福的，莫过于能够有一个舒服的地方让自己好好睡上一觉。对于旅行的人来说，睡觉不仅是补充体力的途径，同时也是让心得到休整的方式，所以一个好的住宿环境便显得尤为重要了。

说到住宿的地方，一些人会选择星级宾馆酒店，因为那里有着最柔软的大床，有着独立的卫生间，有着安置了宽大浴缸的浴室。劳累一天后回到房间，褪下一身古板的职业装，将整个身体埋进注满了水的宽大浴缸中，让每一寸肌肤都得到滋润，让每一个毛孔都得以舒张，那将是怎样舒坦的一种感受。如果愿意，即使在浴缸中倒入浓郁的牛奶或撒满芬芳的花瓣也无不可。

星级酒店另一点吸引人之处，便是无微不至的周到服务，入住的客人如果有什么需求，只要一个电话，服务生便会尽力帮助他们解决，而且绝对不会有丝毫的不耐烦或不情愿。出门在外的人都希望身边的麻烦越少越好，当有人愿意热心帮助自己的时候，又有什么理由不接受呢？

在马赛，这样的星级酒店自然也有不少，比如位于市中心的四星级酒店马赛多尼克豪华酒店（Grand Tonic Hotel Marseille-Vieux Port），与会议宫几步之遥的三星级酒店凯丽得拉巴特欧酒店（Kyriad Rabateau Hotel）等。其中，马赛多尼克豪华酒店是马赛市最具历史传统的酒店，不仅因为这家酒店里曾住过许多名人，还因为酒店中许多的家私都是从路易菲利浦和拿破仑三世时期留传下来的古董。

商务便利型酒店在马赛也有许多，这类酒店虽然在价格上相对便宜一些，但是其服务和设施却并不粗糙。和国内被称为商务酒店的一些快捷酒店不同，这里的商务便利型酒店会为客人提供一日三餐、免费停车设施、免费报纸等，还会为客人提供干洗等服务。位于拉科尔尼什区的邦帕德新酒店（New Hotel Bompard）还为客人提供了季节性开放的室外游泳池。

星级酒店和商务便利型酒店对我的吸引力并不大，至少远不如一家普通的家庭旅馆对我的吸引力大。

我并非不喜欢豪华的房间，也并非不喜欢周到的服务，只是，那房间虽然豪华，却时刻提醒着我，它不属于我，我也不属于它；那里的服务虽然周到，却时刻让我感到生疏和尴尬，一种明显的身份感让我无法真正地放松。

相比之下，家庭旅馆的那种感觉更能打动我。所以，在商务酒店住了一晚，我便开始寻找新的落脚处。终于，我找到了这样一家小小的家庭旅馆。

虽然房间不够大，却足够我一个人居住和安身；虽然没有独立的浴室，就连上厕所都要去走廊里的公用卫生间，然而对于我来说，这种感觉却是自在的、自然的。朴实的家具，简单的摆设，让我有一种回到自己家的感觉。有时，我甚至忘记了自己身在异国他乡，忘记了自己已经工作多年，忘记了自己是为了什么而从那座城市中逃离。恍惚中，我回到了学生时代，安然地过着自己喜欢的生活，做着自己喜欢的事。

这家家庭旅馆的店主是一对老夫妇，他们的头发已经花白了，精神状态却很好，每天早上，看到他们在庭院中一边浇花一边交谈的样子，看到他们牵着彼此的手一起走进房门的样子，让我想起许多年前，在我成长生活的那个小城市里，我的爷爷奶奶也是这样生活的。

记得第一天来到这里时，我很担心自己蹩脚的法语不能够和他们沟通，然而当我看到他们慈祥的面容时，竟然一瞬间感到了安心。老先生将我带去我的房间，告诉我如果有什么需要可以和他们说，便离开了。

我的房间在二楼，木制的桌椅，干净整洁的床，简单的家具上散发着安静的气息和熟悉的味道，那是我喜欢的味道。更让我欣喜的，是窗外的阳台。从小，我一直希望自己的窗口能够有一个阳台，哪怕不是落地阳台，哪怕只有小小的一块，能够让我种一些自己喜欢的花花草草，然后坐在阳台边，一边晒着太阳，一边看着花草。可惜的是，我一直没有这样的机会。为了节省空间，家里唯一的一个阳台被改造成了厨房，整日弥漫着油烟味。

这里的阳台是露天的，站在阳台上，可以看到下面的花园，也可以将椅子搬到阳台上，在阳光下阅读、品茶。

我在这里安心住下，开始简单悠然的生活，白天出门，吃早饭，参观景点，吃过晚饭，回来。每天的生活就是这样的简单，却并不单调。虽然每天都这样出门，参观，再回来，但是所经历的事情，看到的风景，却都不相同，参观的节奏也不相同，喜欢，便多停留一些，不喜欢，便少停留一些。工作时的我，是绝对不可能这样的。

从前的我，像个上了发条的钟表，指针不停地转啊转，每一步走多大，走多快都要按照计划来。对于那时我的来说，吃饭往往更像是演出，工作餐只是一段计时的过场，无论是否已经吃完，只要时间一到，就必须停止；工作上的应酬更是一场现场表演，最重要的并不是吃下什么，而是听懂对面的人说的是什么。而至于其他的事，每件事要用多久完成，要分几个步骤，也都是事先预定好的，由不得我放松，更由不得我随意。

如今的生活，和工作时的生活形成了巨大的反差，我却没有丝毫不适应，或许在我的内心，这样的生活才是我真正渴望的。

意外地，虽然是放假，我却没有一天睡过懒觉，每天睡到自然醒，只是比上班时的起床时间略微晚一点，并没有晚太多。在这里的每一夜我都睡得格外踏实和安稳，若说为什么，放下了一些心事自然是原因之一，心里的烦杂事少了，心静了，睡得也就自然好了；另外的原因，便是这旅馆里的舒适感。

我不喜欢大房子，不喜欢一个人睡在空荡荡的房间里，那会让我没有安全感。一个人住在大大的房间里时，我宁可把房间里堆满各种各样的纸箱、抱枕或是衣服，即使凌乱，也好过孤独。这间房间大小刚好，住下一个人，放上一个人的行李，屋里便不再空荡，空气中飘着的，不是空气清新剂的气味，而是窗外的风带进房间的花园里的花香。

躺在床上，翻个身，让床上铺着的厚实的面料贴上脸颊，一不小心就睡了过去。等我睁开眼睛，窗外天色已黑。我爬起来，出门寻找吃饭的地方，终于在附近找到一家小店，简单地吃了点东西就回去了。

那对老夫妻很少上楼，我也很少去打扰他们，毕竟我是来这里旅游的，什么事都可以自己慢慢琢磨，慢慢体验。每次在楼下或走廊里见到他们，我都会很有礼貌地向他们问好，而他们也会回应我。渐渐地，我也会向他们打听怎么去我想去的地方，还有哪些东西是这里最具特色的。他们也耐心地讲给我听了。

去坎内比耶大道领略了那些建于18—19世纪的建筑的风貌，去康提尼博物馆欣赏了马蒂斯、德勃雷、皮卡比亚等人的作品，去圣费布尔路逛了许多家出售名牌商品的小店，去隆夏宫感受了远古宫廷的秀美和典雅……

我每天参观完景点，回到自己的房间，躺在不大的床上，不但身体感到放松，就连心灵也感到放松了。或许，这就是这个小旅馆所具有的特殊魅力吧。那种家的感觉，不但安抚了心中的浮躁，也安抚了心中的恐惧和不安。

离开马赛之前，我又来到旧港，找到那家人们口中著名的马赛肥皂店，买了一些准备带给国内的朋友们。这里的肥皂虽然相貌平平，没有什么芳香，却非常滋润，哪怕是小小的婴儿也可以放心使用。收好礼物，再次检查一遍是否有遗留的物品，最后才意识到，若是有什么遗留下来了，怕是只有那颗心还对这里依依不舍吧。

无论眼前的风景如何吸引我，旅途还要继续，前方还有更多的美丽和新奇等待着我，只有继续前行，才会真的不虚此行。这样想着，我踏上了前往埃克斯的旅程。

PART 02 情迷埃克斯

——100处清泉在为塞尚唱赞歌

圆亭喷泉·城市标签

带上行李，坐上巴士，前往埃克斯，和一座城市来一场艳遇。

埃克斯距离马赛并不遥远，从马赛机场乘车，只需要 25 分钟便可到达。25 分钟的车程，对于我这样生活在繁华都市的人来说，并不算久，毕竟每天上班下班的途中所花费的时间都远远大于 25 分钟。若是遇上堵车，那便不知道要等上多久才能够到达，所以才要每天提前半个小时出门，将可能需要的时间预留出来。

不知何时开始，乘坐公交车也成了一件烦心事，没有座位并不算太坏，但车上焦急的等待却是每位上班族都不得不面对却又无可奈何的事情。小时候为了能乘坐一次公交车而生的兴奋和喜悦，一去不复返了。

幸而，前往埃克斯，一路畅通无阻，这让我的心情非常好，心中有一种平静的欢喜。坐在靠窗的位置，吹着风，看着路上渐渐改变的风景，想着埃克斯城会用怎样的面貌来迎接我。在下车的那一刻，我得到了答案。

一下车，一种与马赛截然不同的风情扑面而来。这里的气候与马赛的气候一样，都属于地中海气候，冬暖夏凉，是度假休闲的好去处，所以，无论冬季还是夏季，这里的游客数量都从未减少过。不过，马赛的风情在于平实和质朴，而埃克斯的风情则重在典雅和艺术，在这座不大的城市中，随处都能够感受到一种"都会"风情。它们依次地"拥抱着"我的视野和感官。

关于埃克斯的"都会"风情，可以追溯到12世纪，作为普罗旺斯的前首府，埃克斯拥有着悠久的历史和文化，从12世纪起，这里就是普罗旺斯省政治、文化和知识的交流中心。著名的米拉波林荫大道，聚集了众多艺术家和文人的咖啡馆，市内的近百处喷泉，古典特色十足的老式楼房等，都成了它能够吸引数以万计的游客前来的关键。我也不例外地为此深深着迷。

米拉波林荫大道始建于17世纪，这条埃克斯最著名的街道将整个城市分为南北两部分，而南北两侧的街道布局也各有特色。在城市的南部行走，迷失方向是不可能发生的事情，因为那些街道都很笔直，将地面划成了无数个整齐而规矩的方块，站在一条街的街口，便能够一直看到街尾。而在城市的北部行走，则要小心一些，因为北部的街道错综复杂，有许多的拐弯和分岔口，一不小心就会转晕了头。

当我身处于街上，那些充满活力的、肤色样貌各异的年轻人，从我身边经过。他们浑身散发着青春的气息，三五成群地出现在街头巷尾。他们的热情深深地感染着我。他们都是来自各国的留学生，而他们所就读的学校，正坐落于这座典雅的城市之中。这让我心生羡慕，我渴望这种精彩的艺术生活氛围，我渴望像这些年轻人一样把握青春的脉搏。

埃克斯的面积虽然不大，却坐落着四五所大学，然而这里被称为"大学城"并不仅仅因为这里的学校数量比较多，还因为这里的学生都是来自全世界的年轻人，他们也是这座城市中特有的一道风景。他们的激情将我感染，一瞬间，仿佛周身的细胞开始活跃起来，平静的心绪忽然愉悦起来。

将披肩的长发束起来，怀揣着美丽的感觉，对着玻璃窗中的自己笑了笑，又一次充满能量，于是继续前行。口渴之时，在路边买了水，水质甘醇，让我大吃一惊。热情的店主自豪地向我介绍起来。

其实，对埃克斯我之前有过一点了解，这个名字是由拉丁文演变而来的，有人说它在拉丁文中的意思是"水"，也有人说它的意思是"普罗旺斯最好的地方"。但无论哪一种说法是正确的，埃克斯的水确实与其他地方不同，即使是自来水，喝起来都格外清爽解渴，如同山间纯净的山泉一般，没有任何多余的味道。这种纯净的甘醇，更让我的心中多了一丝感动。

而店主向我讲述了一个关于埃克斯这座城市名字的传说。公元前122年，罗马的一位将军来到这座城市，喝下了这里的水后，意外地发现这里的水将自己身上的病治好了，于是他将这座城市命名为"水城"。无论这传说是否属实，城市中近百处的喷泉也足以使它当之无愧地赢得"水城"这一称号了。

沿着米拉波林荫大道行走，两侧满是高贵的梧桐，那繁茂的枝叶将整条街道遮蔽起来，于是满地的荫凉。走在这路上，有一种漫步于贵族学校校园之中的错觉，梦幻的幸福感温柔地荡漾着我的心。直到一座巨大的喷泉出现在我的面前时，我才突然醒来。

米拉波林荫大道一共连接着四座喷泉，起点处是荷内王喷泉，终点处是圆亭喷泉，在这两座喷泉中间，还有两个小巧可爱的小喷泉。对于别处的人来说，能够看到一座真正的喷泉已经是件新鲜事了，很难想象，在一座城市中最著名的大道上会接二连三地出现喷泉。然而对于这里的居民来说，喷泉早成为了他们生活中常见的建筑，没有人会感到意外或不便。不远处有孩子笑着、闹着、跑着，偶尔靠近喷泉嬉水。他们的父母远远地招呼着他们，却并没有上前阻止。

四座喷泉中最大的，便是我面前的这座圆亭喷泉，也有人将它称为"三女神喷泉"，它有12米高，占地面积800多平方米，不但是这条街上最大的喷泉，也是整个城市中最大的喷泉。眼前宏伟的喷泉冲撞着我的心，这样一件伟大的艺术品，就这样突然地出现在我的眼前，带给我难以形容的惊喜和震撼。

被称为"三女神喷泉"，是因为它的顶部立着三尊由大理石雕刻而成的女神雕像，这三尊雕像分别出自三位雕塑家之手，并且象征着不同意义。由约瑟夫·马吕斯·拉默斯雕刻的那尊雕像面向着米拉波林荫大道，她象征的是正义；由路易斯·菲力克斯·查博得雕刻的那尊雕像面向着比利时大道，她象征的是贸易和农业；由希波莱特·菲莱特雕刻的那尊雕像面向着拿破仑波拿巴大街，她象征的是艺术。

圆亭喷泉的主体上一共有三层喷水口，每一层的喷水口的形状都不同，最上一层是六个兽头形状的喷水口，恰好在雕像脚下正方形底座的四个角上；第二层的喷水口呈人头形，位于中间一个大圆盘的周围，一共12个，如同表盘上的12个钟点；最底层的喷水口呈鱼形，一共有六组，每组两条鱼，鱼头相邻，鱼尾互相交叉在一起。

喷泉下方是一个圆形的池子，池子里有一些孩童和鸟禽的雕像，那些孩童的动作和表情都是那样的真实，仿佛他们正在池中玩耍，随时都可能在父母的召唤下走出来回家一样。每只鸟禽的喙也都是喷水口，这些喷水口与喷泉主体上的那些喷水口同时从不同的高度向不同的方向喷出水柱，水柱交替，呈现出绝美的画面。

看着畅快喷射着的水柱，我竟然突然想到，若是它们瞬间全被冻住会是怎样的画面。想着想着，我的脑中竟然不自觉地浮现出只有在电影和动画中才会看到的镜头，女巫释放了令时间停止的冰冻魔法，整个城市瞬间变成一座冰城，而那正在喷着水的喷泉则突然间停止了它的动作，那些水柱变成了晶莹剔透的冰柱，悬挂在每一个喷水口上。那些四溅的水花，则成了晶莹的、水晶般的冰粒，静止在空气中，在阳光下闪着光泽。

喷泉的底座是一层蛋糕一般的圆台，直径有 30 多米，圆台周围趴着四对狮子，分别朝向 12 点、3 点、6 点和 9 点四个方向。狮子的外面又是一圈浅浅的池子，恰好能够承接喷泉喷出的水。那些狮子静静地趴在那里，表情似乎很安然，也似乎有些忧伤，它们仿佛在守着什么，又仿佛在期待着什么。它们日复一日、年复一年地趴在那里的样子让我想起忠犬八公，不知它们这样忠诚地守护是否也能等到它们期待的人呢。

圆亭喷泉位于戴高乐将军广场中央，四周的道路呈放射状，向不同的方向延展开。这里属于交通要道，来往车辆频繁，所以没有孩子在喷泉周围玩耍。一直以来，总觉得有喷泉的地方就一定会有顽皮的孩子，少了孩子的嬉闹，喷泉便显得有些冷清了。幸好，偶尔会有鸽子从喷泉上方飞过，或停下来休息，或润润干渴的喉咙，让它多了几丝生气。

因为来得有些早，没能看到夜幕中的圆亭喷泉，于是在晚饭后不由得又走到了这里。夜幕降临后，广场周围的灯亮了，雾蒙蒙的水汽被灯光镀上一晕金黄，显得更加朦胧了。在深蓝色的天空和四周深黑色的梧桐的衬托下，在灯光的映照下，三位女神身上反射出的柔和的光芒，更像是她们自身散发出来的。她们俯视着这座城市，保佑着这座城市，让这座城市在她们的恩泽下永远美好而安宁。这一刻，望着眼前美好的一切，我的眼中盛满了幸福的泪，我的心中也盛满了宁静的喜悦。

塞尚画室·形与色构成韵律

晨光亲吻了我的睫毛,美丽的新的一天,期待和我一起苏醒。我收拾好行装,直奔圆亭喷泉,但今天我的目的地并不是喷泉,而是塞尚画室。通往赛尚画室的巴士由圆亭喷泉始发。

保罗·塞尚,法国著名的后期印象派画家,西方的现代画家们将他称为"现代艺术之父"。他非常看重色彩,常说只要色彩足够丰富,并到达一定的程度,那么物体的形状自然就会呈现在人们面前。所以,人们能够在他的作品中感受到非常强烈的色彩感和立体感。每当站在他的作品面前,都会感受到画中的物品真实。

在他的作品中很少看得到人物,大多数的作品都是以静物为内容,即使画的内容是人,他也会用处理静物的手法去处理这些人物,使他们看起来充满机械性,而不是生动灵活的人物的感觉。然而,这些创作手法独特的人物却恰好能够给一人种特别的感觉，一种只属于塞尚的感觉。

我对绘画了解得并不多，我更注重的是感觉。我相信每一个会画画的人心中都住着一个天使，通过画作才能与他们真正地沟通。

1839 年，塞尚出生在埃克斯这座城市，在这里生活，成长。漫步在这座城市和周边地区，随处都能感受到塞尚曾在这里留下的气息，比如那些塞尚曾经居住过的地方，比如那些属于他们家族的遗产，比如那曾在他的画作中无数次出现的山峰——圣维克多山。

成年后的塞尚一度离开了这座城市，去了巴黎学习，之后几次往返于巴黎和埃克斯之间。在他年老时，他回到了这座城市，并在市区的北部建立了这间画室。之后的 10 年中，他一直在这间画室中进行创作，那些作品都令人叹为观止。直到 1906 年，一场突如其来的大病将他带离了人世，只留下这间画室和一些他还未完成的心愿，整日回旋在画室中。

从喷泉到画室，大约每隔 20 分钟有一班车。我在巴士站等着巴士，看着身边与自己一并等待巴士的那些人，多是法国当地的人，有穿着色彩单调而质地华贵的老妇人，有西装笔挺颇具英姿的中年男士，也有静默不言时尚年轻的法国姑娘。他们的身份和地位必然是不同的，但是他们所期待的目的地却是相同的，心中对艺术的渴望想必也是相似的吧。

前往画室的 1 号巴士到了，所有人都登上了巴士。巴士行驶了 15 分钟左右，便看到了目的地。这让我不由得想，若是下次前往，或许可以考虑步行，这样还可以顺路欣赏一下沿途的风景。

下车后行走 100 米左右，来到一栋有着红色大门的房子前，门后便是那间著名的塞尚画室了。除每年 7 月和 8 月会从 10 点一直开到 18 点外，其他几个月份的开放时间都分为上午和下午两个时间段，上午的开放时间均为 10

点至12点，之后闭馆两个小时，而下午的开放时间，1月至3月以及10月至12月为14点至17点，4月至6月以及9月为14点至18点。

画室的门票是5.5欧元，我买好票后，走进画室。最先看到的是正在为游客热心讲解的导游，很可惜，这位导游讲的是流利的法语，对于我这个只能勉强用法语与人进行日常交流的人来说，想要听得懂实在是不可能的事情。我来得有些早，还没有到英语导游进行讲解的时间，于是我只好选择一个人去欣赏那些画作，试图用心和它们交流一番。

一间并不算太大的画室里，充满着浓郁的色彩和艺术气息，仿佛能够看到这位了不起的画家曾经在这里作画的场景。他的灵魂仿佛还留在这里，留在墙上每一幅作品中，留在画架上的每一幅作品中，静静地看着前来参观的人们，与他们进行灵魂上的交流。

这里是塞尚一生之中最后进行创作的地方，画室中的物品和摆设几乎没有人动过，还维持着主人离开前的样子：古旧的桌子上，一尊丘比特的雕像静静地站在那里，一些石膏制成的水果随意地摆放着，没有用完的油彩已经干硬了，那些寂寞的画笔上也沾着已经凝固了的油彩，再不会有人将它们的发洗净，为它们重新染一缕鲜艳的发色。

画室的衣物间里，挂着塞尚生前穿过的大衣和帽子，它们安静地挂在那里，等待着主人再次将它们穿戴在身上，带着它们出去透一透气。可是它们没有想到，一个多世纪过去了，它们的主人都没有再回来。

整间画室中都充满着寂寞，是的，是真切的寂寞，那躺在桌上的画笔和油彩，那垂在衣帽间中的大衣，都由内至外透露着寂寞，它们继续着一生都不可能有结果的等待，等待着那个再也不可能回来的人，怎么可能不寂寞呢？即使有再多的游客前来参观，出出进进带来许多外面的空气和温度，它们的心中仍然存着不可消除的寂寞。它们最爱的主人去了，去了遥远的地方，于是，它们也深深地沉睡了。

　　小心地爬上木制的楼梯，听它低声地叹息，感受着它内心的悲伤。它一定也希望有一天，那个熟悉的身影能够再次出现，那位留着大胡子的老人一步一缓地从自己身上经过，回到他的卧室里，安静地睡去吧。每一次有人踏上它的台阶，它都在期待这一次光临的是那个自己一直在期待的人。

　　站在窗口，拉开窗帘，圣维多利亚山映入我的眼帘。一阵风吹来，我竟不由得望着那座深山出了神，我仿佛感受到了当年，那位忧郁的老人是如何站在同样的位置望着那远处的深山，如何拿起画笔在画布上涂抹，如何将深山的神韵表达得淋漓。有时，他也会放下画笔，离开画架，走下楼梯，穿好大衣，戴好帽子，向那深山走去，去山间感受自然的召唤。

　　他是第一位客观地观察世界的画家，他用一种"变形"的手法将一些自然的现象描绘得更加真实，又用强烈的色调将一些人们不易察觉出的细节展现无遗。他的画作中，真实永远是不变的主题，他想要表达给世人的，不是虚无缥缈的神话故事，不是无法触碰的海市蜃楼，而是真真实实存在的自然和事物，它就在身边，触手可及。

　　虽然年迈多病让他的脾气变得暴躁不安，但是他仍然向往着自然，正如他对加斯盖特所说的："艺术是一件与自然平行共存的和谐体……外界的自然和头脑中的世界必须要相互渗透……"他追求自然，想过一种自然与艺术相融合的生活，他厌倦来自社交界的那些虚荣和嘲讽。于是他去了，去到深山中写生，去与那些自然界中最真实的树木为伴，去那远离尘嚣的树林中释放自己的灵感。

　　这一天，他依旧选择了出门，遗憾的是，半路上的一场暴雨袭击了他。

他想要回身,可当那豆大的雨点打在他身上时,他本就虚弱的身体更加虚弱,无力前行。一阵头晕,一阵趔趄,终于,他不省人事,倒在了泥泞的小路上。直到一辆路马车从他身边经过,车上的人认出了他就是大名鼎鼎的画家塞尚,才将他送回了家。

回到家中,塞尚虚弱地躺在床上,身边除了忠心的女管家布雷蒙夫人,谁都没有。布雷蒙夫人看到塞尚的样子心中很是担心,她急忙通知了远在他处的塞尚的妻子和孩子,可是当他们赶到时,塞尚已经咽下了最后一口气。

陨落的星,在天空中划下最后一道光芒,然后便悄然无声了。他的作品却在世间留下了不可磨灭的反响。《埃斯泰克的海湾》、《静物苹果篮子》、《圣维克多山》、《玩牌者》、《穿红背心的男孩》……那一幅幅作品都成了人们争相收藏的名作。

想必他的在天之灵若是能感应得到,那颗被伤过多次的自尊心也能得以安慰了。

我离开画室前,没忘记去花园走走,也没忘记去一间小房间里观看一下塞尚一生的经历和作品的影片。伴着那些熟悉与不熟悉的画面,伴着那些我听得懂和听不懂的讲解,伴着那些轻悠的音乐,我仿佛感到这位画家的灵魂并没有走远,他还在这所房子里,观察着每位访客的表情,听着每位访客的交谈,用看不见的油彩记录着这房间里每天发生的一切。当有人理解他的时候,他那忧郁的神情有时也会变得柔和和舒缓,那紧皱的眉头也会舒展开来,那一直向下延伸的嘴角也会挂上一丝微笑。

若是有心怀梦想的年轻人来访,在他的画作前许下心愿,他也会如一位慈爱的老人一般轻抚上年轻人的肩膀,鼓励他们追求自己内心最想要追求的梦想，摒弃浮华和虚荣，去创造一个美丽而真实的世界。

走出大门，回过身再次望向那扇红色的大门，红红的颜色，好像凝固在门上的血液，好像为了梦想坚持跳动着的心。

修道院·像新生儿那样看待生活

修道院，简洁的场所，神职人员学习的地方。每一所修道院都从内至外透着宁静、安然、谦和和恬淡，每一所修道院中，都居住着许多内心平和的人们，在他们的世界里，精神上的平和远胜于物质上的安稳，每日过着简单自然的生活。

在埃克斯，修道院是一道特殊的风景线。最著名的，是位于吕贝隆山区的塞南克修道院，它被称为南法三大西多士修道院之一。

吕贝隆山区被人们称为法国最美丽的山谷之一。读过《普罗旺斯的一年》（又名《山居岁月》）一书的人都知道，书的作者彼得·梅尔所居住的地方便属于吕贝隆山区，而且他们的房子恰好位于山脚下。小小的石屋身后就是巍峨的吕贝隆山，放眼望去，满山都是四季常青的杉树、松树和胭脂栎。那青翠的树林中，居住着许多叫得上名字和叫不上名字的野生鸟禽。

塞南克修道院建立于1148年，距今已有800多年的历史，修道院本身看上去很平凡、很古朴，拥有清晰而明朗的建筑线条，属于古代传统石屋的风格。在这里，看不到大教堂一般的华丽顶窗，看不到雕刻精美的各种神像或天使雕像，也看不到出自名家之手的各种宗教气息十足的壁画和挂画。远远望去，它那泛着古朴的灰色的院身嵌入到山景之中，本身就像是一幅画，一幅师出无名却格外能够打动人心的画。

院里没有浮华的雕像或珐琅的顶窗，却也不是完全没有一丝情致，回廊的柱子上有一些装饰性的雕刻，有些是叶子的形状，有些则是说不出是什么的花纹，虽然柱子很多，但每一根柱子上的雕刻都是独一无二的，精细的雕刻为朴实的修道院增添了几份柔美。

修道院中的修道士过着清修而雅致的生活，他们在修道院的前方种植了大片的薰衣草，这些薰衣草颜色各异，但以紫色居多。每当薰衣草盛开之时，那大片大片的紫色在阳光下闪着迷人的光芒，释放着诱人的芳香，这也是这座修道院能够吸引众多游客的主要原因。

与院前那一片绚丽的薰衣草相比，周围的景色显得灰暗贫瘠许多，却也恰好与修道院本身的风格相符。山间长年寂静，人烟稀少，树下偶尔长着些小花和蘑菇，只不过都并不显眼，一眼望去，只能看到墨绿色的枝叶和深棕色的树干。修道院附近有一片空地，那是为来访游客准备的停车场，我将租来的车子停在停车场，然后下了车，步行前往。

修道院周围的地面有许多乱石，我的鞋底较软，踩上去后能够产生清晰的触感，却不至于疼痛。我小心地走过去，终于靠近了著名的赛南克修道院。

修道院的四周是石头垒成的院墙，那一道并不怎么高的院墙将修道院与外面的世界隔绝开来。在那个院墙之中,有着远离尘世的清静和仁爱,有着远离喧嚣的希望和坚持。几个世纪过去了,它就那样静静地耸立在院墙中,从未想要向外延伸一步。

并非完全与世隔绝,不闻世事,只是那些繁杂的事情对他们而言,并不会造成什么心理上的伤痕和障碍。用一颗平常心,将世间的起伏视为平常事,视为一种上天赐予的历练,生活就会变得更加容易,坎坷也就变得更加容易翻过。当一颗心越发地开阔了,生活中的一切就都不再是负担了。

虽然塞南克修道院吸引了众多的游客,但它却始终不曾对外开放,想来是怕打扰到院内的修道士们清修吧。游客们只能在墙外向院内眺望。有些游客出于好奇,悄悄地爬上院墙向里看,我虽然也心存好奇,却不肯贸然爬上去,生怕打扰那院墙内的世界。

修道院外有一家小商店,商店里出售着一些书籍,随手拿起一本翻看,发现是介绍修道院的书籍。从介绍修道院的书籍中我了解到,这座修道院中居住着的是西多教会的修道士,他们所奉行的原则,是每一个人每一天都要满怀对神的爱,虔诚地祈祷;要克服一切懒惰,辛勤地劳动,自给自足;要坚持独身主义,不要让外界的情欲干扰内心的宁静;无论何时何地,都要将神放在心中最高的位置。

清修,听起来很枯燥,做起来也是,想要将这件事坚持下来,需要的不仅是身体上的忍受,更多的是心理上的折磨。意志是清修过程中最为重要的东西,只有意志坚定的人,信仰坚定的人,才能成为这里的一员。

修道院墙上的石块饱经沧桑,见证着它的成长和变化。但是唯一没有变过的,便是这里的人对这些清规戒律的遵守和奉行。比如说自给自足这一点,单单从这座修道院是由第一任院长带领着12名修道士亲手建起的这一件事上便可以看出了。

　　介绍修道院的书中有一张照片，是一面挂了许多建筑工具的墙，旁边注明，这些工具便是当年院长和修道士们用来建造修道院的工具。我看了看照片上那些简陋的工具，再仔细端详着我面前那间巨石打造的石屋，想象着他们当初是用怎样的方式将那些石头打磨成需要的形状，再用怎样的方式将那些石头搬运到脚下这片土地上。

　　我仿佛看到有几个人弯着腰，一起用力地拖拽着一块巨大的石头，绳子将他们肩膀上的衣服磨破，之后勒进了皮肉里，但他们咬着牙坚持着，丝毫没有被这疼痛所击败；又仿佛看到几个人围在一块巨大的石块旁，用力地打磨着石块上的棱角，使它能够平稳地放在地上，他们的指间磨出了晶莹的水泡，然后渗出鲜血来，但是他们也没有退缩，仍然坚持着，眼中流露出的是平静却坚毅的神情。

　　13世纪初期，这座修道院吸纳了许多的修道士，达到了一个全盛的时期。然而由于它的清规戒律过于严格，很难有人能够承受，所以前来的人越来越少。就连那些已经在这里进修了几年或十几年的修道士，到了40岁之后也选择了回归到尘世之中，安享晚年。院里的修道士越来越少，17世纪末的时候，院里修道士的人数仅仅只有两人了。

　　如果衰败的情况一直没有好转，便没有今天的塞南克修道院了。幸好，在这之后的几年中，加入这里的人又渐渐多了起来，为修道院注入了新的生机。修道士的数量多了起来，教会的活动也得以正常开展起来，有时，人们还可以看到里面的修道士面带笑容地接受来访者。他们的身上的修道服是新的，但款式仍然是多年前的款式，头上是白色头巾，身上是黑色长袍，腰间系着一根黑色的腰带。

各种薰衣草制品也是这家商店的主打商品，如薰衣草精油、薰衣草香皂等，许多人都在这里挑选着纪念品，我也没有例外，挑选了几块薰衣草精油香皂和几枚小巧的薰衣草精油瓶。将小小的精油瓶挂在颈上，淡淡的芳香从瓶塞中飘逸出来，萦绕着我，让我仿佛置身仙境。在这寂静不被打扰的地方，嗅着薰衣草的芬芳，心也仿佛飘扬了起来，那种放松的快乐，让我印象深刻。

参观过塞南克修道院，我又去了另外两家修道院——西尔瓦卡恩修道院和托罗奈修道院，这三座修道院都是罗马式的西多教会修道院，被合称为"西多教会三姐妹修道院"。这三座修道院都是由石块建成的，朴实而简洁，有着明显的西多教会修道院的特征。

同为西多教会的修道院，这三座修道院之间也略有不同之处。西尔瓦卡恩修道院的开放性要小很多，不但没有停车场，而且至今都没有再次举办过教会活动；而托罗奈修道院坐落于托罗奈镇的森林中，如果开车前往的话，必须将车子停在森林之外，然后步行穿过森林才能到达。

参观过这三座修道院，心里踏实了许多，那种油然而生的踏实感，让我回到了小时候，那时的我，什么都不怕，什么都不担心，只想默默坚持自己真正想做的事情，平静地度过一天又一天。

托罗奈修道院中传出的空灵歌声抚慰着我的大脑，洗涤着我的心灵，它一遍一遍地回荡着，浇灌着我对生活的希望。那广阔的山脚下，那崎岖的丘陵里，那幽寂的森林中，那石头建成的房子里，有着我内心深处最渴望的，那份淡淡的恬适心情，不再为身边的事烦恼，不再为已过去的痛苦恐惧，不再为失去的种种遗憾，不再为得不到的幸福遗憾。

回到住的地方，将拍下的照片传入电脑，选了一张作为桌面，那照片上有童话世界一般的高山，有成片的薰衣草花田，有灰色的修道院。音乐响起，花香四溢，不知不觉，睡意盎然。

巴黎姑娘·时时刻刻的自我塑造

金棕色的长发在阳光下闪耀着光芒，宝石般的眼睛镶嵌在白皙的脸庞上，颈间系着一条飘逸的丝巾，墨绿色的紧身上衣将凹凸有致的身材显现无疑，一双纤细笔直的腿被黑色的长裤衬托得更加修长。但最令我无法移走目光的，不是她那身大气高雅的衣着或是她美丽的面容，而是她浑身散发着的自信和略带俏皮的骄傲。

这样一位如精灵一般的法国姑娘，此刻正站在我的车窗前，我本以为她有事要问，正打算摇下车窗，却发现她正对着我的车窗玻璃整理头上的水晶发卡。她将发卡摘下，又仔细地别上发梢，动作干净利落，之后，她俏皮地眨了眨眼睛，然后离开了。

虽然只是短暂地相遇，她甚至不知道我正在车子内看着她，但她的一举一动，却给我留下了极其深刻的印象。我以为她只是我在埃克斯旅行途中一道一闪而过的风景,却不承想就在几小时后,我又一次遇到了她。

我找了一个车位停下车,徒步穿过那狭小的巷道,前往旧城区。当我经过市政厅喷泉时,我看到她正坐在喷泉周围的石台上,手中捧着一本书,静静地看着。她浅浅地靠着石台,一条腿自然而随意地踩在地面上,支持着身体,另一条腿则弯曲着支撑在石台上,看起来悠然自得却不失优雅。

这时我有机会仔细观察她,她的年龄看上去与我相仿,虽然穿着很素气,色调也很暗,却浑身散发着青春的气息。古朴的石喷泉屹立在她身后,与她身上的衣服相互衬托着,那么和谐,就像一幅画框中立体感十足的油画。

过了一会儿,她站起来,调整了一下姿势,然后继续看着书。喷泉中喷射出的水珠在金色的阳光的照耀下,折射出曚昽的光芒,在光芒的映衬中,她的周身也散发着如同阳光一般灿烂的气息和光辉。

我出神地望着她,我甚至说不出自己为什么会如此出神。只感觉到一种强大的吸引力将我的目光定焦在她的身上,或许是因为,在她的身上我看到了自己内心深处最想要成为的样子。

或许是看得累了,她收起书,将头向后仰起,然后转动着脖子。她发现我在看她,于是大方地向我走来,和我打招呼。

"你好,有事吗?"这是她与我的第一句交谈,没有丝毫被冒犯的感觉,没有丝毫害羞,没有丝毫犹豫,似乎对她而言,这样在大庭广众之下被一位陌生人注视是一件再平常不过的事情。

看到她如此大方,我也不由得放下了心中的谨慎和不安,与她聊起天来。当我提到她对着我的车窗玻璃整理发卡的事时,她的脸上露出一丝恍然大悟的神情,让我更加确定她并不知道车子里面有人。她笑了,并没有为此感到不好意思,反而是我为自己偷偷注视她的行为而感到有些难为情。

当她告诉我，她叫卡米尔，来自巴黎时，我有些意外。我能从她的穿着打扮上感觉到她身上的巴黎气息，那是几乎所有的巴黎姑娘身上都带有的时尚感和骄傲感。然而在我的印象中，巴黎姑娘更注重的是展示自己的身材之美，她们会尽量将自己美好的身材暴露在人们面前，毫无顾忌地享受着周围人们欣赏的目光，无论那目光来自男人或是女人。而卡米尔身上所展现的，更多的是知性的美好，偶尔还带有一丝孩子般的顽皮和自然。

我对巴黎姑娘的理解让卡米尔大笑不已，她告诉我，任何一个城市中的姑娘们都有着共同的属性，却也有着各自的特点，有的温柔，有的冷艳，有的感性，有的理智，有的更在意外表的诱惑，有的却更在意内在的修养。不同的姑娘为巴黎增添了不同的色彩和韵味，让巴黎处处既充满感性，也充满理性，不但美丽，也有诱惑力。

卡米尔告诉我，很多人说巴黎姑娘性感，那是因为巴黎姑娘们从不掩饰自己的外在美，她们对自己的身材颇为自信，并且不认为展露身材是一件难为情的事情。对于她们来说，穿着暴露或紧身的衣服走在大街上，就像穿着运动服去跑步，穿着泳衣去游泳一样，是再普通不过的一件事情。其实，巴黎姑娘最吸引人之处并不在于性感的衣着或服饰，而在于内心的自信。虽然人们最常看到的是她们对自己的身材的自信和对外貌的自信，但那并不是全部，她们最大的自信，是对生活的果断和勇敢。

她还告诉我，巴黎的姑娘们生活坦荡，敢想敢做，敢爱敢恨，一旦决定了自己的选择，就不会在意别人的看法和说教。她们相信自己所选择的生活方式，所以会一直努力地生活下去；她们相信自己所选择的人，所以会一直坚定地爱下去。

卡米尔也是这样一位勇敢自信的巴黎姑娘，她说，虽然爸爸妈妈一直希望她能留在巴黎，做一名出色的设计师，但是她并不喜欢时尚界那种生活方式，那灯光下的舞台，那闪光灯中的微笑，都太过于冰冷和生硬。在她的心中，开一家小店，和心爱的人一起过平凡淡定的生活才是最幸福的事情。

看到她说到这些事时扬起的嘴角，我知道她一定已经找到了那个心爱的人，果然，没等我问下去，她便大方地告诉我，她会来到埃克斯，是因为她心爱的人在这里。在她读大学的时候，朋友带她去参加了一个派对，她与她的爱人便是在那个派对上相识的。她说，她从未想过一个男生在做菜的时候神情能够那样专注，那感觉就像在制作一件稀世佳作一般，而且他做出来的菜味道非常好，既有法国传统大餐的精致，又有独特的味道。

卡米尔与他交谈，得知他的理想是开一家别具风格的小餐馆，卡米尔便提出在餐馆放置一些手工艺术品，没想到对方也有这样的想法，这让卡米尔更加兴奋，于是他们开始商量要如何布置餐馆，如何设计菜品的样式……渐渐地，两人的感情越来越深厚，他们开始恋爱。每当他有一道新的菜式，她都会是第一位品尝者，而每当她创作出一件艺术品，他都会是她最好的欣赏者。

从卡米尔的讲述中，我没有看到她皱过一次眉头，也没有听到一点的抱怨，我想，这也是巴黎姑娘所特有的性格吧，她们一旦爱了，身份、地位和家境就都变得不重要了。

虽然巴黎姑娘对感情看得很重，却不是拿不起放不下的人。爱的时候会用力去爱，不顾一切，不爱的时候也会干脆果断地与对方分手，不会哭闹，或者与对方纠缠不清。她们不会后悔，不会抱怨，不会有阴影，更不会因此自暴自弃，放弃生活。用不了多久，只要再次遇到了心动的人，她们仍然会不顾一切地投入去爱。

至于为什么选择将餐馆开在埃克斯，卡米尔说，不仅因为这里是他的故乡，还因为这里到处充满着艺术的气息，那种艺术朴实不浮华，自然不做作，让人心里感觉很踏实。如今，餐馆的生意已然不错，他负责菜品的制作，而她负责艺术效果和餐馆的布置。

餐馆里的小细节都是她的创意，其中包括菜单的设计和餐桌上的小物件，有时还会有客人询问是否可以买回去。餐馆的一角，是她的作品专柜，虽然只有小小的一个角落，没有华丽的灯光渲染，但那恰到好处的摆设也让每一件作品栩栩如生，有着特殊的魅力。

虽然一起经营着餐馆，但只要有时间，她都会出来走走，感受一下外面的气息，吸收一下周围的灵感。她认为，在这座小城市里，只要用心感受，到处都是灵感。

我侧头望向卡米尔，她的皮肤很清透，除了脸颊上淡淡的粉色，看不出一丝化妆过的痕迹，这也是巴黎姑娘们最喜欢的化妆方式，让自己看起来清爽自然。微风吹来，一阵淡香飘进我的鼻子，我知道那是香水的味道。香水对于每一位巴黎姑娘来说，如同她们最后一件衣裳，她们对香水的挑剔程度远远超出我们的想象，不但要根据出席的不同场合来选择，季节、心情和温度等也是决定她们选择哪一款香水的重要因素。

与卡米尔的交谈非常愉快，时间的流逝也变得快了许多。她说，下午要去听一场关于文化的讲座，问我要不要同前往，我略微思考了一下，还是婉言拒绝了。卡米尔并没有失望，也没有不开心，她将他们的餐馆地址留给我，并热情地邀请我有时间去他们的餐馆里用餐，看一看她的那些精致的小东西。

告别了卡米尔，我对巴黎姑娘的印象被刷新了，不再是香榭丽舍大道上那些高昂着头,挺着胸,牵着小狗散步的妙龄少女;不再是街头穿着暴露,俯身要求那些停在路边的司机"载我一程"的性感女郎;不再是戴着墨镜,披着大大的披巾,迈着大步走在街头的时尚女郎。我知道,这位可爱而迷人的巴黎姑娘在我的脑海中留下了极为深刻的印象,她对生活的热爱,对自我的坚持,对爱情的不顾一切。她的洒脱,她的大方,她的坦然,都让我内心深处某个沉睡已久的角落沐浴到了阳光。

铁艺阳台·细微之处见艺术

卡米尔对我说，在埃克斯这样的城市中，美无处不在，艺术无处不在，果真如此。当我缓缓地行走在埃克斯的街道上，一边行走，一边去欣赏周围美丽的房子时，那些充满艺术感的铁艺阳台让我的心为之一动。

阳台，对于我而言一直是一个特别的地方。

小时候，爸爸妈妈因为工作比较忙，经常会把我寄放在两边的老人家。那时候，老式的居民楼的阳台还是露天的，虽然也有一些不方便，比如大雪天时会积雪，但是对于孩子来说，那样的露天阳台总是有着莫名的吸引力。

还记得姥姥家的老房子外面有一个阳台，水泥抹的地，铁制的护栏，左侧放着一口酱缸，右侧放着一些花盆，一到夏天，那么多不知名的花同时盛开，反而别有一番情调。年幼的我因为好奇，总想踩着凳子爬到外面，结果每一次都被姥姥、姥爷抓了下来。直到上了小学，他们才放心让我爬上去。第一次爬上去的时候，姥姥在身后不断地叮嘱我要小心。而当我渐渐地长大后，那叮嘱声虽然仍然存在，却不会一再重复了。

后来，铁架式的防护栏开始流行，再后来，密封阳台在居民区中占了主要位置。房子的密封度越来越高，邻居之间的心也越来越疏远了。再难看到两户邻居站在阳台上一边晾衣服一边聊天，也再难看到有人因为忘记带了钥匙，借助邻居家的阳台爬进屋子的景象。

而在这里，阳台仍旧是敞开式的，第一次看到它们的时候，我的呼吸就顺畅了许多。那些如神秘的花藤一般蜿蜒在窗子外的铁艺阳台，柔美、曼妙、优雅、生动，吸引着我的心。铁艺阳台装点着一个个窗口，使窗子看起来更加优雅，也为房屋增添了许多生动的气息。

一股艺术气息无声无息地弥漫在整座城市中，那是一种细节上的艺术，是一种生活中的艺术。不同于儿时记忆中的铁栏，这里的所有阳台都有着它独特的图案，有的是轻柔的唐草，有的是娇美的花朵，有的或许只是几道随意的花纹，但是无一不给人以轻松舒适的感觉。那一朵朵铁制的花朵像是一位位性格内敛的姑娘，害羞地将头低下，不去看外面的人群。那安置在窗子下方的铁艺阳台又像是一张张面纱，不让路上的人直接看清楼房的全貌。

如今在国内，几乎所有人都不会在自家窗下安置露天的阳台，因为密封阳台既能扩大室内的使用面积，又能增加房屋的保暖性。但是在这里，却找不到那种大大的，如同花房一般的密封阳台。这里的楼体都非常平整和简约，除了这些阳台，楼体上没有其他装饰。

当然，也并不是所有的楼房都安有这样的铁艺阳台，只有一些楼房二楼的正面才能看得到。这些阳台比较小，没办法站人，也没有什么具体的用途，最多只能放得下一两盆精致的小花。在这里，我看不到串成五线谱一般的晾衣绳，看不到大大小小的花盆，当然了，更看不到酱缸。无论是在我的家乡，或是我生活的那座城市中，这样的阳台都早已看不见了。

这里许多的铁艺阳台都是从17世纪留下的，从它们身上能够感受到当时那个世纪主要的艺术风格。也有一些是19世纪之后才安装的，对艺术比较了解的人，可以根据不同的风格将它们进行区别，不太了解艺术的人也可以根据岁月在它们身上留下的痕迹来判断。仔细观察这些阳台，会发现岁月将它们浸染上了时光的颜色，使它们增添了几分凝重。

在这里连正门的上方也能看到造型精致的铁艺阳台。阳台中生长着一些绿植，它们那自然的姿态让我分不清究竟是自己生长上去的，还是人工种植在那里的。总之，那种自然与金属的和谐性让我深深地爱上了它们。

姥姥家阳台上用的是手指般粗细的"h"型的铁条，外面涂着绿色的油漆。那些铁条其貌不扬，摸上去感到很粗糙，特别是涂着油漆的地方，时常能够摸到一些不知是什么的小颗粒。时间久了，一些铁条上的油漆早已裂开，翘起，脱落，露出棕色的生锈的铁条，这时再摸上去，反而光滑了许多。

埃克斯的阳台所选用的，则不是粗壮的铁条，想来也是，那种粗壮的铁条虽然能够给人以安全感，却不便于弯曲和拉伸，更不便于塑造形状，自然也就不能给人以艺术的美感。这里使用的都是相对细的便于改变形状的铁条，这才制作出了如此之多的形态各异的花纹。

铁，原本是冰冷坚硬之物，此时却充满了柔情，那些花纹都以弧线的身形展示在人们面前，没有一处是突出的，没有一处是尖锐的。如同被赋了生命般，那些铁条自然地舒展着，卷曲着，和海水中那些水草一般柔美随意。

若是将手指划过铁艺阳台每一处，指肚下便会有一种流畅的感觉，不会有任何粗糙的感觉，更不会被任何意外的突起阻挡其移动。在每一个焊接处，找不到不和谐的突起，只有几乎看不出来的细密接合。一件物品，但凡制作

075

出来，便要求它尽善尽美，这便是这里最为细致的艺术的体现。

精致是法国人最为重视的，无论是女孩子们的穿着打扮，或是餐饮上的菜色的设计，或哪怕只是一件平凡无奇的日常用品，他们也会对其进行一番设计，让它看起来更精致，更美好。我曾见过他们在一种用于制造刨冰的铲子的中央挖出一个黑桃形状的小洞，这个洞并没有实际的意义，只是让这个铲子看起来更加生动可爱，但恰好是这个不起眼的设计，让一位本没有心思买一把刨冰铲的人买下了这把铲子。

精致的铁艺是埃克斯城中一道特殊的风景，除了那些微笑在窗口下的铁艺阳台，那些铁艺的招牌也将这座城市中的铁制工艺展示得极其突出。有些铁艺的招牌从很久以前便已经存在了，它们在店铺的门口高傲地昂起头，象征着这家店铺至高的品位和无人能比的声誉。无论是谁，只要看到那些跨越了世纪的铁艺招牌，便会对这家店的品质产生绝对的信任。

埃克斯的铁艺招牌在设计上都花了很多的心思，让人看过之后不由得赞叹其设计的精妙。而且，每一个招牌上刻画出的人和物都栩栩如生，比如那吹着小号的天使，虽然只是一个剪影，却能够从它的动作上感受出它的努力，那微微抬起的小脚，那向后展开的翅膀都说明他正用力地吹着小号。

这些铁艺招牌的另一个特点是简单明了，即使不懂法语，也能瞬间知道这家店是什么店。当我看到招牌上一位头戴工作帽的面包工人正从烤炉中取出一大盘刚烤好的面包时，我仿佛看到了这里正在制作着香气扑鼻的美味面包，胃里也不由得发出"咕噜"一声响。而再向前走几步，我看到一个招牌的图案是两个头戴牛仔帽的人站在一个啤酒桶的两侧，向彼此举起手臂，不用猜，这必然是家小酒馆了。

埃克斯的铁艺还体现在许多小的物件上，比如楼房上方悬挂路灯的灯架，形状大小刚好适合安放在墙角的铁匠使用的熨斗架，18世纪的末长而扁却有着十足质感的门栓，19世纪初期的衣服挂上镂空的顶端装饰和均匀扭转出的螺纹……即使只是放在门上或墙壁上的一个胡子形状的铁艺装饰，都有着极其细致的做工。

还有一样不得不提的铁艺制品就是这里的铁艺十字架，它们出现在教堂正门，出现在墓碑上方，出现在城市的街角上。最初在街角看到这些十字架时，我只当它们是一些呈十字架形状的装饰工艺，见得时间久了，才发现它们并不是十字架形的工艺，而是经过精心设计的十字架，就连大教堂门口的十字架也是如此。

我还从未在哪座城市里见过如此之多的设计精美的十字架，若不是发自内心的喜爱和信仰，或许也无法设计出这么多能够自然融入人们生活之中的十字架吧，让它们既为这座城市做了装点，又展示了埃克斯精湛的铁艺技术，同时也让这座城市被一种神圣的气氛笼罩。虽然我并不是一名基督教徒，但是此时，我却产生了这样的想法，或许埃克斯的人们能够一直过着这种平静优雅的生活，也与这些无处不在、做工精美的十字架有关呢。

古董市场·历史的回声

　　古董是具有艺术鉴赏价值的珍贵古物，也是令众多收藏爱好者和投资者痴迷之物。它经过时间的淘洗，以一种静默的方式，向人们传递着最真实的历史。

　　一件古董往往与某件重大的历史事件或某个重要的历史人物有关，否则，它便失去了独一无二的价值，人们也不会对它颇为用心关注。当它还沉睡在泥土之下时，我们对它一无所知，甚至不知道它的存在，而一旦它破土而出，出现在世人的面前，它便具有了非凡的价值和意义。

　　想要了解一座城市的历史，研究这里的古董不失为一个好的选择。而在埃克斯，想要寻找古董，就要去那里的古董市场。

　　我常见的古董市场更像是一个旧物市场。一个大大的院子里，各种年龄的小商贩们或站或蹲在自己的摊位前，摊位上摆着许多看上去就极其陈旧的东西。一旦有人在他们的摊前驻足，他们便会极力地游说，向对方讲述着自己的宝贝身上有着怎样的故事。

这样的小商贩不仅在国内有，国外也有，他们转着狡黠的眼珠，向来人推荐着手中的古董，将它们说得很玄，以便可以将它们卖一个好价钱。若是你对他手中的东西表现出极大的兴趣，他便会对你尤其热情，调高古董的价格，然后不肯轻易卖给你。

在一些城市里，古董市场和旧物市场往往没有明显的界线，因为古董本身就是一种旧物，而旧物中也包含着一些古董。埃克斯的古董市场就属于这种，市场中既有出售旧物的，也有出售古董的，至于哪些是旧物，哪些是古董，就要看顾客的眼力了。与那种斗智斗勇式的古董市场相比，我更喜欢这种平静的选购的方式，这其中更有一种缘分的意味。

满是灰尘的瓶瓶罐罐，看上去颜色发旧的瓷器，漆面已经有些脱落的金属制品，泛着白色或青绿色光泽的玉器等，一直以来都是国内古董市场中最常见的物件。这其中不乏一些赝品，或是被商贩们篡改了历史朝代的古董。

虽然从表面上看，古董的年代越是久远，价值就越高，但真正决定它价值的，却并不仅仅是它所产生的年代。一件古董所产生的背景，涉及的重要人物，以及它背后隐藏着的种种故事都是决定它价值的关键因素。人工仿造出的古董，即使在质地和形态上可以假乱真，却总会缺少一些内涵，那是岁月在它们身上留下的痕迹，再绝佳的工艺和渲染也难以模仿，没有一种精湛的工艺能敌得过时光的雕琢。

这些年零零碎碎的经验，使我能够一眼分辨出的旧物都是一些近代日常生活中比较常见的东西，比如那些虽然褪了色却仍然能够看到印刷时间的19

世纪的明信片，那些因用得太久而受到了磨损的名牌领针，那些镶嵌着不太明亮的珐琅碎片的广告牌等。而那些做工精致的木雕，泛着古铜色的怀表，散发着古老光泽瓷器等，我却无法分得清它们的年代。

对于那些专门的古董收藏家们来说，在旧物中淘出一些价值不菲的宝贝并不是一件难事。因为这些人不但具有很强的古董鉴别能力，还拥有足够的资金，一旦发现可心的宝贝，立刻就会买下，毫不犹豫。不过，他们却并不是买完就离开，而是会和摊主多聊上一阵，一旦遇到喜好相同的摊主，那闲聊的时间便会不断延长，从喜欢的古董种类谈到平日里喜欢的书籍，再谈到喜欢吃的食物，甚至喜欢去的餐厅。总之，在普罗旺斯，悠闲地采购早已成了当地人的一种生活习惯，哪怕只是买一件小小的东西，他们也有可能消耗掉几个小时的时间。

在法国，古董店的数量也是不少的，只不过那些店里摆放的东西虽然都是百分之百的古董，却也都价格不菲，经济条件一般的人是买不起的。古董市场里的摊主却多是普通家庭中的人，他们不以出售旧物为生，所以他们会将家中不需要的物品以很便宜的价格放在市场中出售。相比之下，在这样的古董市场中淘宝更符合当地居民的喜好。

购买旧物和出售旧物在法国本就是一件平常事，法国人并不排斥使用别人用旧的东西，因为这些东西不但物美价廉，而且其中不乏一些珍贵的物品，若是一不小心淘到了好物件，那是多么幸运、多么令人开心的一件事啊。所以许多人都宁可去古董市场中淘宝，而不去那些高贵气派的古董店。

我对古董不是很了解，但对各种各样的旧物的确有着较浓的兴趣，或许这也是受了家中老人的影响。小时在爷爷家中生活时，看到过许多从他年轻时便一直存在的东西，几支用透明胶缠着笔杆的绘图钢笔，一把已经有些生锈的铁尺，几本数十年前出版的小人书，一只掉了漆的搪瓷缸子……那些东西并不值钱，但是爷爷却视它们为宝贝，很是珍惜和保护。在他的眼中，每一件物品都是珍贵的，都应该好好爱护，即使是旧物，只要没有彻底损坏，便还有它们的价值。

许多有故事的旧物在我的眼中都是古董，爷爷家自然也就成了古董云集的地方。长大后，我仍然对这些旧的东西情有独钟，才会不时地跑到一些出售古董或旧物的地方，猜测它们背后的故事。

在古董市场中耐心寻找，仔细观察，自然能够找到一些好东西。令我意外的是，我竟然在这里的古董市场上看到了一些中国的古董，从小贩与顾客快速的交谈中，我大约听出其中的一点意思。中国的古董在法国竟然也颇受欢迎，这是我之前没有想到的。不过，古董市场中最常见的，还是当地的一些古董。这些古董大多产生于20世纪，浑身上下透着一股饱经沧桑的气息，也透着历史的神秘。

在埃克斯，不仅铁艺制品比较出名，木制品也一样。我曾在古董市场中见到过一只小巧精致的木匣子，上面的盖板可以很容易地打开，本以为它是一只杂物箱，却不曾想它竟然是旧时期专门放置高脚杯的盒子。另外，我还曾见过一个做工精致的木柜，若不是曾在旅馆亲眼见到有人使用过相同的柜子，我是无论如何也想不到，这样精致的柜子竟然是用来存放面包的。

虽然木制的家具不如铁制的容易保存，但是许多家庭还是对它们精心照顾和保管，一代一代地传下去，直到不再使用，才将它们拿到集市上出售。那柜门上雕刻着的精细图案，在精心的保管下没有丝毫的损坏，仍然如初。这些老家具见证了许多家庭的幸福，自然也能够带给下一任主人幸福。或许，那些购买它们的家庭也是这样想的吧。

古董市场上还有许多其他的木制品，比如我面前这双曾在 19 世纪初非常流行的木鞋。当时，木鞋一度成为农妇们最喜欢的鞋子，那份喜爱并不亚于现在的时尚女性对高跟鞋的喜爱，只不过现在，已经再也看不到有人穿着它们行走在田间了，即使它的设计在当时是最流行的，最新颖的。如今，它也只能摆放在古董市场上，被人们当成怀旧的物件了。

一只上了岁数的胡桃夹子让我想起小时候读到的故事，只不过这个胡桃夹子没有可爱的外表，相反，看上去有一些恐怖。它的脸是一位老人的模样，身子却是人鱼的形状，张大的口中长着牙齿，虽然知道那是用来咬开胡桃的，却还是让人感觉不太舒服。虽然它的制作相当精致，外面也是非常光滑，我却没有一丝想要买下的念头。

一个看起来好像热水袋形状的木板竟然是 19 世纪中叶到 20 世纪初期用来编织的工具。当时，因为使用得频繁，所以这种工具以铁制的居多，一件木制的工具在使用无数次后还能够保存得这样完好，实在是很难得。

一个家庭中的旧物能够向外人透露出这个家庭的习俗和作风，一个地区的古董也能够向人们透露出这个地区的曾经。看着这些古董，让我不仅想到在数百年前甚至更早的时候，这里的人们过着怎样的生活。他们安稳地生活着，没有争执，没有冒险，他们以缓慢的步子走在乡间的小路上，手中拿着工具，愉快地哼着歌。

这里的人们过着自给自足的生活，有田地便可以足食，有纺织便可以丰衣，有饲养便可以吃到美味的肉品，他们安分守己地过着每一天，不去羡慕大都市的繁华，不去羡慕工业城市的壮观，在他们的心中，安然自得的生活才是最幸福的，其他的纷争与他们全然无关。

优雅而精致的生活中，幸福就这样悄然而来，再也不肯散去。缓慢而自然的生活方式成了这座城市中的特征,吸引了许多心意相同的人们前来,再也不愿离开。市场中的那些古董,仿佛在无意地向人们讲述着这座城市多年来的宁静,却恰好地让全世界的人们都为之羡慕。

古老咖啡店·让恬静沁入心脾

　　最具有法兰西风情的生活方式，莫过于午餐过后，找一家露天咖啡厅，坐在那里一边晒太阳，一边品尝美味香浓的咖啡。试想一下，在一个阳光明媚的下午，怀揣着一份闲散的心情漫步在街头，然后在走得累了的时候，坐到路边的遮阳伞下，一边品尝美味的咖啡，一边看着街上的人迈着平稳的步子闲适地走来走去，有时还能够欣赏到街边艺人的表演，还有比这更美妙的事情吗？

　　米拉波林荫大道的一侧，坐落着这座城市中最著名的一家咖啡店，有人称它为"两兄弟咖啡店"，也有人称它为"双叟咖啡店"，因为它的招牌就是"两兄弟"的意思。咖啡店的旁边是塞尚的故居，据说，塞尚居住在那里的时候，经常会来到这家咖啡店，点一杯咖啡，静静地坐一下午，不知道他是在寻找一份灵感，还是在寻求一份内心的安静。

因为塞尚，这家咖啡店变得出名。有许多人前去这家店的原因，都是为了追寻塞尚的足迹。一些感性的艺术爱好者会在店里随意选一张椅子坐下，点一杯咖啡，一边慢慢地品着咖啡，一边想象着当年塞尚坐在哪一张桌子前，用怎样的神情想着怎样的事情。

除了塞尚，还有许多历史名人都在这里喝过咖啡，比如左拉、加缪、萨特、毕加索等。或许是由于太多文化艺术界的名人光临过这里，这里自然而然地成为了这个城市中文化艺术人士聚集的中心。

这家咖啡店中具有明显的法国咖啡店的特色，只不过自从1792年开始营业后，店内从来没有进行过翻修，所以整个店内的格局还是最初的样子，店里的各种设施也都还是原来的风格，而且许多的客人也正是因为店里散发的那份自然而古老的气息而前来用餐的。

店里的服务生们都非常绅士，他们的工作服是只有黑白两色的礼服式西服，看上去既优雅端庄，又不过于沉闷。如同许多咖啡店的服务生一样，他们的腰间也系着围裙，围裙是牛奶一般的白色，没有一点污渍或褶皱。他们的脚下是一双普通的平底鞋，每当有客人走进店里时，他们都会轻盈地走上前，向客人报以礼貌而优雅的微笑，然后将客人领至座位上。有时，他们还会与客人开一些恰当得体的玩笑，让客人感到非常轻松愉快。

想要找到这家店并不难，因这它实在是太出名了。在埃克斯的街头随便找一个人询问，无论那个人是老人、成年人或是小孩子，都能准确地指出这家咖啡店的位置。所以我很容易地就知道了咖啡店的地址，在一种未知的艺术的魔力的感召下，走向这家咖啡店。

还没走到店门口，我就看到一个墨绿色的门斗，门斗上印着"1792"四个数字，门斗的四周镶着金边，透着一股高贵的气息。听说这里的生意一向好得出奇，经常店里店外都坐满了客人，幸好，我去的时间不是客流量最大的时候，店里和店外都有一些空位供我选择。

一走进这家咖啡店，一位年轻的服务生便礼貌地迎了上来。和外面四季不变的明媚阳光相比，店里的光线显得阴暗了许多，但是他清新的笑容和温柔的声音却好像一缕阳光，让我感到暖暖的。我找了个位置坐下来，接过他递给我的菜单，点了一杯咖啡和一些小点心，他将我点的东西记下，向我确认后便微笑着离开。

和之前所听说的一样，在这家店里，我感受不到一丝现代化的气息，这里没有塑胶制成的椅子，没有造型奇特的灯具，也没有先进的多功能电器化设施，有的只是古香古色的桌椅和散发着古铜色光泽的吧台。桌椅和吧台的台面因为曾经承受过无数位客人而变得发亮，那原本淡白色的天花板也因为长期被烟雾熏染，蒙上了一层淡淡的褐色面纱。

没过多久，我点的东西被端了上来，还是刚才那位服务生，还是阳光般和煦的笑容和暖风般温柔的声音。他放好我点的东西，确定我没有其他吩咐后，便走到旁边的桌子，收拾起桌上的杯盘来。只见他轻轻地将桌上的东西都拾到盘子里，然后轻轻一端，便将盘子端走了，那一举手一投足之间都显示出良好的修养。

记得一篇文章中曾提到过，在法国，喝咖啡是一门学问，其复杂程度不亚于品酒。喝咖啡的正确方式一共有五个步骤，第一个步骤是"望"，即察看咖啡的成色；第二个步骤是闻，即将咖啡杯端在手中，轻轻地摇晃几下，然后将咖啡的香气吸入鼻子；之后三个步骤是"品"、"咽"和"吐"，只有五个步骤全部做完，才能算得上是一个会喝咖啡的人。

在法国喝咖啡绝对不可以一饮而尽，而是要像品酒一般小口小口地品，一口咖啡进入口中后不要马上咽下，而是要将它含上一小会儿，再轻轻地转动舌头，对它进行轻微的搅拌，等到口中满是咖啡的香气后，才可以让口中的咖啡慢慢地流进咽喉。喝下之后，还要缓缓地将存留在口中的香气吐出，这才是一个完整的过程。

我端起咖啡，抿了一小口，咖啡很香，浓郁的咖啡香气让这个下午变得更加美好和诱人。我知道，在这里我是自由的。服务生们从我的身边一次次经过，手中的托盘上或是冒着热气的咖啡，或是已经空了的咖啡杯。他们就那么坦然自若地来来回回，除非闭店时间到，他们不会主动上前打扰客人的独处。这种尊重会让人彻底地放松。

有的客人是独自前来，比如那位优雅地坐在靠窗位置的女士，她的桌上只有一杯咖啡，咖啡已经没有了热气，看样子应该已经来了有一阵了。她手捧一本书，安静地坐在那里读着，她像是一幅画，只有翻页的时候才会动一动她那修长的手指。她静寂了一切，在她的身边，仿佛建立了一道透明无形的屏障，屏障外的一切都与她无关。

有的客人是结伴而来，比如我左前方那一男一女两位年轻人，他们的样子看起来很像一对情侣，此时，男生正用只有两个人能听得见的声音向女生讲述着什么，女生一边听，一边开心地笑着。而坐在外面的客人就不用这样拘束了，我看到窗外遮阳伞下有三个大学生模样的女孩正开心地聊着天，她们的脸上洋溢着灿烂的笑容，那笑容让人看着就感到幸福。

看到这些大学女生，想起梅尔曾在书中提到，这里经常可以见到许多来上"咖啡店礼仪课程"的大学女生。很可惜，我并没有看到那些戴着巨人太阳镜、乘坐拉风的车辆前来的大学女生，也没有看到她们故意端起架子，假装与朋友偶遇，然后用一整天的时间去练习优雅和社交。或许是因为年代不同了，这里的女孩子也不同了吧。

想起大学时的自己，也曾做过类似的事情，为了追求某一种感觉，达到某一种层次，刻意让自己去模仿别人，结果弄得自己不伦不类。想要模仿别人的优雅，于是放弃了自己的活泼；想要模仿别人的干练，于是放弃了自己的随和；想要模仿别人的豁达，于是放弃了自己的细致……结果呢？优雅没有学会，反而让人觉得自己很高傲；干练没有学会，反而让人觉得自己很冷漠；豁达没有学会，反而让人觉得自己很粗心……

如今，在这里，在这样轻松的氛围中，我渐渐记起了自己儿时的愿望，那些曾经美丽的梦想，那些在许多人眼中看起来傻瓜一样的坚持。我也记起了真实的自己，那个不被烦恼所困扰，知足常乐的自己，那个与世无争，只求做事问心无愧的自己。

我端起杯子，又小小地喝下一口咖啡，咖啡的温度此时已经变得柔和了许多，但是香味仍然那么纯粹，在口中萦绕着，果然是好咖啡，我心想，这样的咖啡才真正称得上是"美味到最后一滴"的咖啡。

在这座城市中，时间总是流逝得悄无声息，却也从不会让人感到慌乱。看着窗外来往的行人，没有步履匆匆，没有神色不安，无论是上班族还是学生，年轻人或是老人，都以一种缓慢平稳的步伐行走着，都以一种安然淡定的姿态生活着。我悉心地感受着他们温暖平静的幸福，渐渐融入其中。

不知不觉中已经到了日落时分，喝完最后一口咖啡，站起身，在服务生友好的目光中走出咖啡店。余晖下的米拉波林荫大道别有一番韵味，此时的街道和两旁的房屋都被镀上了一层金色的光晕。

路上的行人变得稀少了，路边的艺人也收拾好东西准备回家了，看他们脸上的满足感，应该是家中正有贤惠的妻子和可爱的孩子在等待着他们吧。努力一天后回到家中，看到家人热情的面容，看到桌上摆着热气腾腾的饭菜，哪怕只是粗茶淡饭，心中都会涌上无限的温馨。这样的生活，有谁会不想拥有，有谁会不羡慕呢？

经过广场时，头顶上方飞过几只鸽子，发出"咕咕"的叫声。在爸爸妈妈的呼唤声中，顽皮的孩子们与小伙伴们告别，飞一般地奔向各自爸爸妈妈们的怀抱。一位妈妈推着婴儿车从我身边经过，车里的婴儿已经甜甜地睡去了，那安静的小脸在夕阳的余晖中显得更加圣洁，像降落人间的天使一般令人心动。

在这样的城市，欣赏着这样的美景，我的心越来越平静了。

夜晚安宁·灵魂被寂静包裹

夜幕降临，路灯一盏一盏被点亮，一直指向看不见的地方。街道变得安静，孩子们都回到了家中，上班的人们也已经回家了，街道两侧的民居里，柔和的灯光下，一家人其乐融融地用着晚餐。孩子讲述着白天学校里发生的事情，哪个同学画的画特别漂亮，哪个同学唱的歌特别好听，哪个同学在课堂上出了丑，哪个同学被老师表扬……孩子们兴致勃勃地讲着，爸爸妈妈们侧耳倾听着，回应着，饭桌上一片和睦的氛围。

吃过饭，孩子们或回到各自的房间做各自喜欢的事情，或留在客厅里看喜欢的节目。爸爸妈妈们或和孩子一起看电视，或回到房间里看书，或两个人一起聊一些悄悄话。有时，孩子也会从房间里走出来，向正在看电视的爸爸妈妈问一些事情，爸爸妈妈认真地向孩子解释，直到孩子满意地回他们自己的房间，他们的脸上没有一丝不耐烦，只有欣慰和幸福。

街道上的车辆少了，行人也少了，"咕咕"唱歌的鸽子也回到了它们的小窝，不再站在雕像的顶端东张西望。公园的地面上也看不到那些辛勤工作的蚂蚁了，它们应该也已回到了家中，与家人团聚了吧。

旅店的房间里，我静静地坐在床上，背后是柔软的靠垫，蜷起的双腿上放着我那精致的笔记本电脑。一个人的时候，我喜欢这样的姿势，无论是入睡，或是坐着，我都喜欢让我的双膝靠近我的腹部，那样的感觉会比较踏实，比较安心。

电脑里传出优雅的小提琴演奏曲，屏幕上显示的是我的博客主页，那上面有我刚刚写完的博客。大学时期在一位朋友的建议下开设了这个博客，将自己以前写的能找到底稿的文章全部放了上来，并不时将自己的心情和感受记录在这个博客上。对我来说，这里是我记录生活的地方，也是和自己交流的地方，许多无处倾诉的心情和无处发泄的情绪，都记录在这上面。

随手翻看着自己以前写的那些文字，优美、忧伤、细腻、柔情。那时的自己虽然看起来乐观、开朗、洒脱、人缘很好，但只有我自己知道，这些都只是表象。大学中经历的一些事情让我意识到，很多时候真实并没有用，也不会被人相信，反而那些掩盖起自己内心的人更容易受到欢迎。我告诉自己，这是进入社会之前的必修课，于是，我学会了掩饰，收敛起自己的直白和认真，开始学着用笑容掩盖内心的想法，用逞强掩盖天生的胆怯。

我将自己的孤单和无助公开在博客上，一边写着，一边倾听着，让自己倾听自己的声音，然后再让自己安慰自己的心灵。原本只是自己的一种释放和倾诉，并不曾期待着有人来倾听和理解，却不想竟然有一些人看过后感同身受,给我留下了许多温暖的话语和理解的认同。

工作后,这个博客也很少登录了,偶尔来一次,写的也都是与工作相关的感受,或者一点小小的失落,或者一点小小的抱怨。那些美丽的辞藻,被我当作珍宝的情感,全都被我压到了内心最底处,不去碰触了。之前经常留言的一些朋友出现的次数也少了,读着他们的博文,感受着他们的改变,我想,他们大概也如我一样,在经历着所谓"成长的痛楚"吧。

自从出来旅行,没有一夜不睡得安稳,可不知为什么,今夜我却失眠了,或许是因为那些文字让我看到了自己的改变吧。当我发现现在的自己竟然是曾经最不想成为的那种人,当我意识到我每一步都在远离自己最想要到达的地方时,我的心中涌上一种难以言喻的慌乱。

小提琴的音乐仍然在回荡,窗台上的花瓶里,一支百合已经睡去。我走到窗边,向外看去,路灯下有一对男女正在拥吻。灯光朦胧,看不清他们脸上的表情,但我知道,那一定充满着幸福。

恍惚中,我走出了旅店,像一个游魂一般飘荡在夜晚的街道上。路的两侧是亮着灯的房屋,那些古香古色的铁艺阳台在深夜中变成了暗色的藤蔓,曲卷缠绕在窗户的下方。

街道两旁的一些小店已经关门了,玻璃门里侧的把手上挂着闭店的牌子,店里一片漆黑,什么都看不到,只能看到橱窗上反射出我的影子。大型的百货商店则不同,虽然店已经关闭了,橱窗里却仍然亮着灯,那些展示品在灯光中孤单地陈列着,显得那样特别。

餐厅里还是热闹的,约会的情侣,聚会的朋友,都在一边用餐一边谈笑着。我站在路的另一边,透过窗户看着他们。我听不到他们的声音,却可以想象出他们的快乐。怀念大学的假期里,和家乡的好朋友们一起在网上寻找最实惠的美食，然后跑去大吃一顿的日子。那时的我们都没有太多生活费，只能去一些便宜的小馆子里聚餐，去一些便宜的KTV唱歌，却每次都吃得那么开心，唱得那么尽兴。工作后，为了应酬去过不少高档餐厅，也去过不少豪华的KTV，却没有一次能够感受到那种快乐。

曾以为那种光鲜亮丽的生活才能给人带去最大的快乐和满足，曾以为必须受尽辛苦才能让自己的人生没有遗憾。然而，当自己真正沐浴在别人略带羡慕又略带嫉妒的目光之中，当自己勉强放弃了许多真心喜爱的人和事后，心里仍然时常会感觉空空的，那种空荡荡的感觉，是任何工作上的成就和身边人的称赞都无法填补的。

突然意识到，真正的幸福和快乐其实并没有那么难，和朋友们找个地方自在地聊聊天，和家人一起吃一顿平凡的晚饭，睡觉前做一些自己真正喜欢的事情，都能让自己感觉到幸福和快乐，能让自己的心趋于喜悦和踏实。

寂静的路上，听不到汽车的鸣笛，看不到排列成线的红灯，自然也就听不到乘车的人因为交通堵塞而发出的抱怨和责怪。

街上空荡荡的，广场上也空荡荡的，只剩下孤独的喷泉独自守着这一片空地。喷泉仍然在喷着水，水柱缓缓地落到池子里，听上去仿佛在倾诉着什么。在这座拥有上百座喷泉的城市中，随意走一段路，就能遇到一座喷泉，每一座喷泉都有它自己的故事、自己的心情。白天，它们是这座城市中的一处风景，夜里，它们便成了一位位温柔的姑娘，细细地讲述着自己的故事。它们静静地、缓缓地诉说着，周围的树是它们永远的倾听者，静静地聆听，静静地思索，周围的旗帜也是它们永远的倾听者，偶尔挥动着手帕，擦一擦被感动出的泪痕。

走着，走着，走着……夜越来越深了，街越来越空了，天空却变得热闹了。

　　夜空中，云朵织成的幕布早已撤去，星星们的盛宴即将开始。顽皮的星星们踏着轻快的步伐，在蓝黑色墨水一般的画布上左一点、右一点，勾勒出一座座星桥，引着那些娇羞的星星们登上美丽的舞台。绅士的星星们静静地站在那里，等待着他们的舞伴出现。所有的星星在天空中跳起了舞，它们舞姿轻盈而优雅，活泼而生动，点缀了寂静的夜空。

　　看着，看着，看着……不知不觉中又走回到旅店的楼下。旅店对面，一位年轻的法国姑娘与男友吻别后转身走进了楼道，她的男友却没有走，站在楼下向上望着，直到她房间里的灯亮起，她将窗子打开向他挥手，他才转身离开。

　　我转身走进了旅店。我知道我的身后没有人望着我，却也在回到房间后打开了窗，向下看了一眼。空荡的街道，已经看不到任何人了，只有路灯看似寂寞地站在那里。但是我知道，它也不是寂寞的，因为一定会有一些小小的飞虫会去探望它，围着它舞蹈。是的，那是只献给它的舞蹈。

　　博客上有新的留言，是那些我在网上认识的朋友们留给我的。他们说，好久不见，看到我现在的生活似乎好了很多，他们也就放心了许多。一位一直比较谈得来的朋友对我说，在他的心中，我一直是一个感性而热爱生活的小姑娘，他羡慕我那双能够从最平凡的生活中发现美的眼睛，也羡慕我那颗敏感而情感丰富的心。每当他对生活有了厌倦感时，看到我的文字，就会感觉到希望和温暖，所以最初看到我的文字变得灰暗冰冷没有生机的时候，他曾真心为我感到伤感和可惜。如今，他看到我的文字中又有了阳光，有了希望，有了生活的气息，他的心中终于松了一口气。"很高兴看到你回来！"他这样说。

　　是吗？从前的我回来了吗？再次看着镜子里的自己，发现嘴角上竟然有了微笑,不是平时那种职业化的礼貌的微笑,也不是刻意制造出的逢迎的笑容,那微笑是真实的,自然的,美丽的。

  我笑了,心被治愈了,于是渐渐入睡了。

PART 03
——震撼阿尔勒
打动了梵高的城市

古罗马竞技场·中世纪咏叹

告别了充满艺术气息的小城埃克斯,我的旅途还在继续,下一个目的地是充满了浓重历史痕迹的城市——阿尔勒,在那里,能够看到许多古罗马的遗址,我相信,会遇见更多的惊喜。

在世界历史的古籍中,我曾见识过这一座古城的欢歌与叹息。阿尔勒在古罗马时期是一座重要的城镇,因为这里是从意大利前往西班牙的必经之路。它位于罗纳河三角洲头,与多条公路相连接,来自地中海的海风轻抚着它,湛蓝天空中的明媚阳光普照着它,这样的地理位置令无数人为之羡慕,也使它一度成为许多殖民者们争抢的对象。

公元前46年,凯萨大帝将那些退休的军人安置在这里,让他们在这里安享晚年。随着大批居民的入住,这里的经济、政治和宗教都得以发展起来。从那时起,阿勒迎来了它历史上第一个鼎盛时期。然而，到了中世纪初期，这个被人们称为"高卢人的小罗马"的城市遭到了来自外族的入侵。对于这座并不大的城市来说，这不能不说是一场巨大的灾难。

战争所到之处总会伴随着数不尽的死亡和毁灭。战争过后，阿尔勒城中那片繁华与祥和的气氛便再也看不见了。整座城市里弥漫着萧条和苦难，居民的生活也一度陷入了窘境。

到了12世纪，阿尔勒终于迎来了它的重生，各种华丽的中古世纪建筑开始出现于城市的各个区域。居民们的生活也恢复了正常，热闹的集市上，小商贩们的叫卖声，主妇们的讨价还价声此起彼伏，十分热闹。

在阿尔勒，每一个辉煌时期都有它的见证，公元前1世纪的罗马剧场和地下走廊，公元4世纪的康斯坦丁浴场和石棺公园，11世纪到12世纪期间的圣托菲姆教堂……这些建筑都作为相应时期的象征，永远地印在了阿尔勒的土地上。

在阿尔勒，属于法国国家级保护遗产的景点一共有112处，并且其中一部分古迹的名字已经被收入到了联合国教科文组织的《世界遗产名录》中。如今的阿尔勒已经成为了一座世界上公认的"艺术历史古城"，在欧洲文化古城联盟中也占有一席之地。那些建于2000年前的古老建筑群和建于近代的私人宅院交错坐落，将这座城市装点出一种特别的魅力。

阿尔勒城并不是很大，但是罗马时期的遗迹却颇多。随意向哪个方向走上一段路程，都能够看到一些罗马时期的遗迹，如教堂、剧场、竞技场、美术博物馆等。这些独特的世界艺术遗产吸引了无数感性的艺术家、画家、作家和诗人，令他们不远万里来此寻找能够激发他们创作的灵感。

在阿尔勒进行参观前，有一样东西是必须要准备好的，那便是一张古迹通行证。有了这张通行证，就可以免费参观阿尔勒所有的付费古迹和博物馆，不但方便，而且能够节省一些购买门票的钱。如果只想参观罗马竞技场、康斯坦丁浴场、石棺公园、罗马剧场和地下柱廊，也可以选择另一种优惠券——罗马通行证。这两种通行证都可以在游客服务中心购买到。

我花了13.5欧元购买了一张古迹通行证，然后开始了我在阿尔勒的旅行。曾经只在书中见到过的一切建筑将出现在我的眼前，一种神圣感震颤着我的灵魂。

在距离游客服务中心不远的地方，有一座巨大的竞技场，这就是阿尔勒的古罗马式圆形竞技场。在阿尔勒，虽然随处可见一些罗马式风格的遗迹，像这座竞技场这样大又这样完整的遗迹却并不多见。

这座竞技场建于公元前46年，底面形状是一个长为轴136米，短轴为107米的椭圆形，上面由两层拱廊将整个竞技场环绕起来，可称得上是当时罗马最为卓越的建筑。双层拱廊是它的最大的特色，50个拱门密不可分地连接在一起，从远处看去，非常壮观。竞技场坐落的位置是这座城市的最高处，登上双层拱廊的最顶层，便可以将阿尔勒市的全貌尽收眼底。那种豁达通透的感觉，我永远都不会忘记。

这座竞技场不但是普罗旺斯最大的竞技场，也是法国最大的竞技场，场内可同时容纳2万多人。所以，每当城里有音乐会、竞技表演等大型活动，这里总是被优先考虑的地方。竞技场的人气越来越高，举办的活动越来越多，吸引的游客也越来越多，为了适应需要，竞技场的周围开了许多纪念品店、化店和咖啡厅。这些小店为竞技场增添了许多柔情和生动，也让这座古老的建筑不再冷漠和阴沉。竞技场附近还开了一家酒店，坐在酒店的门口或是阳台上，就可以欣赏到竞技场的风貌。

进入竞技场需要购买门票，成人门票全票是每人5.5欧元，半票是每人4欧元。购买竞技场门票的人还可持门票免费进入康斯坦丁浴场，无须再购票。

走进竞技场，一层又一层看台密密地环绕在场内，将这里与外界的空间隔绝开来。上沿是突出的第二层拱廊，风从那些拱洞中灌入，带来了一些声音。恍惚间，我看到看台上无数狂热的人正站起来大声呼喊，他们挥舞着手臂，大声地喧哗着，而看台下方，两名角斗士正在为了能够活下去而奋力拼杀。回过神，那些声音散去了，那些人的影像也消失了，竞技场的中间只有一片巨大的空地，或许因为这片土地曾被无数种血液浸染，所以才会透着一股渗入心肺的空旷。

最初建成时，这里被作为纯粹的竞技场地，斗牛、战车比赛、徒手格斗等剧烈的比赛都会在这里进行。那是一场场充满血腥的格斗，角斗士们和斗牛士们为了生存与对手拼得你死我活，无论对手是牛或是人，他们都不能有丝毫的同情和心软，否则，躺在血泊之中的人便会是他们自己。在这里，数不清有多少无法安息的灵魂。在这里，生命是珍贵的，也是廉价的，一个生命的存活需要用许多人的生命作铺垫，却只是看客们眼中用来助兴的一个赌注。

这片土地上流淌过太多的鲜血，各种血型的鲜血，各种物种的鲜血，当那些生命彻底结束的时候，那些流血的躯体被抛了出去，之后便被人们遗忘了。

中世纪战争四起，再也无人有心去举办那些残忍的竞赛，这座竞技场也难得安静下来。罗马灭亡后，无处可去的居民们逃到了这里，把这里当成避难的场所。他们甚至在里面建起了一个新的村落，虽然无法比及之前的家园，却也能够让他们得到片刻的安宁。竞技场的高墙为他们提供了一定的安全保障，那些村民们正是靠着这样的有利地势奋力地抵御着外来一波又一波的进攻。

竞技场被闲置了许多年，直到 19 世纪，这里才被重新启用，作为一些比赛或表演的场地。如今，这里仍然会举办斗牛比赛，不过比赛的方式已经文雅了许多，属于表演性质的比赛，不会再有大量的流血事件发生。在法国，能够举办斗牛比赛的地方已经不多了，这也是为什么这座竞技场对斗牛爱好者们具有巨大吸引力的原因。每到斗牛比赛的赛季，大批斗牛爱好者就会从法国各地赶到这里观看比赛，那场面壮观极了。在这期间，竞技场也会暂时停止供游客参观，专门服务于斗牛比赛。

登上最顶端的看台，看到那些高度整齐的，一栋挨着一栋的房子，感受有点像是小时候玩的积木房子，平整的墙面好像被刀子切割成的，铺着瓦片的屋顶好像压制的饼干。街道并不宽敞，也不算繁华，却给人一种实实在在的感觉。

转个方向看，还可以看到不远处的罗纳河和两岸茂盛的树林。罗纳河是法国五大河流之首，它流经瑞士和法国，最终流入地中海。在罗纳河小码头附近，河岸景致非常开阔秀丽，一到夜晚，闪着波光的河水显得格外诱人，仿佛美丽少女的眼睛。它遗世独立的美，也走到了伟大的画家的眼中。梵·高的名画《罗纳河星空》就是以小码头附近的景致为模板而画的。

从竞技场出来，顺便去了附近的罗马剧场和康斯坦丁浴场。

罗马剧场在公元前1世纪曾经被作为堡垒，后来不知为何被拆除了，只剩下两根古罗马柱立在那里。如今的罗马剧场除了隐藏在一片花园小径里的入口，再也没有一点隐蔽或神秘的感觉了。它的用途也从军用转变成了民用，供阿尔勒的人们举行节日庆典或露天音乐会。

康斯坦丁浴场里面的景象让我略微感到一些失望，虽然这里是普罗旺斯地区最大的公共浴场，可是看起来却破旧不堪，和废墟差不多。但是转念一想，这里毕竟是建于公元4世纪的浴场，到如今已有上千年的历史，便释然了。是啊，对于一个经常被人使用的地方来说，经历了那么久，还能够保存成如今这个面貌已经很难得了。

  浴场从左到右依次是热池、温池和冷池三个区，每个区的水温都不同，无论男女，都要先在热池中沐浴，然后再依次进入温池和冷池进行沐浴，渐渐降低的水温能够让人的皮肤产生一定的免疫，也能让舒张的毛孔一点点收缩，不但有利于身体健康，还有护肤的功效。浴场的供水系统依靠的是地下砖窑和管路对水进行加热和输送，这让我感受到了当时人们的智慧。

  从浴场出来，找一个露天咖啡厅小坐一会儿，喝杯咖啡，欣赏着远处和近处的古迹。这样一个充满着历史文化气息的城市带给我的，是另一种感受和体验，看着那些饱经风霜的建筑，我对这座城市的兴趣更加浓厚了。

论坛广场·梵高面向的太阳

　　从康斯坦丁浴场向南走上一小段距离，便可到达论坛广场。稍作休息后，我便信步前往。

　　从外观上来看，这座广场与一般的广场相比，并没有什么特别之处。唯一特别的便是广场上立着的那尊普弗雷德里克·米斯特拉尔的雕像，他身穿青蓝色的礼服，头戴圆形的帽子，一只手臂上搭着大衣，昂首看着远处的天空。顺着他的目光，我也不自觉地望向他的曾经。

　　普弗雷德里克·米斯特拉尔是一位法国诗人，为了使普罗旺斯语得到恢复和发扬，他在19世纪发动了一场普罗旺斯语文学复兴，并与一些与他有着相同目标的研究者一起成立了一个协会，对普罗旺斯的语言、风俗和文化等进行调查、研究和整理。由于他将一生都投入在保护、发扬和传播普罗旺斯文化上，并用了整整8年的时间去编写《新普罗旺斯字典》，因此成为了普罗旺斯的名人，并于 1904 年获得了诺贝尔文学奖。

任何普通的景点，一旦与知名的人物发生关系，便会吸引众多的游客光临，论坛广场也是如此。刚到达论坛广场，我就看到来自各国的游客汇聚在此热烈地讨论着。不过，最吸引他们前来的却并不只是普弗雷德里克·米斯特拉尔的雕像，而是另外一个人，一个在世界油画史上占有重要地位，并对 20 世纪艺术产生了巨大影响的画家，那个人就是梵高。就算不懂艺术的人们，也十分熟悉这个名字。

1888 年 2 月，梵高来到了这座城市，也许因为这里有浓重的古罗马气息，也许因为这里有光芒万丈的阳光，也许因为这里有金黄的麦田，也许因为这里有许多消沉的灵魂……很快地，他被这座城市散发出的魔力所吸引，并在这里住了下来。

他在阿尔勒住下来后便开始狂热地进行创作。在这里生活的那段日子是他创作的高峰期，抑制不住的灵感不断地涌出来，令他恨不得将全部的时间都用来作画，生怕一个疏忽就遗漏下一丝细节，浪费了这些灵感。

鲜艳的色彩在他的笔下不断流淌，一抹接一抹，不知疲倦。许多的经典作品就在这样的状态下产生了——《朗格洛瓦桥》《卧室》《星空》《夜间的咖啡馆》《星空下的咖啡座》《向日葵》《黄房子》……梵高在创作它们的时候便有预感，这些画作一定会成为非常著名的画作，真正的艺术会在历史中沉淀出价值。如今，他的预感变成了现实，只可惜画作永存，人却已逝。

梵高于 1888 年 9 月创作的《星空下的咖啡座》是使论坛广场出名的主要原因，因为画中的那家咖啡馆恰好位于论坛广场的旁边。如今，已经很少有人知道这家咖啡馆原来的名字，因为自从梵高的画出名后，店主便将它的名字改为了梵高咖啡馆。咖啡馆一旁的展板上挂着梵高的这幅画，店里的墙上还挂着当时梵高为咖啡馆老板画的肖像画。不过，这一切并不是为了纪念那位伟大的画家，而是为了更好地招揽生意而已。

当时的老板一定不曾想到，这个看起来潦倒不堪的穷画家竟然能够让他的咖啡馆成为世界闻名的咖啡馆。如今，这家咖啡馆已经成了阿尔勒著名景观之一，吸引了大量的游客。几乎所有在阿尔勒观光的人都会特意找到这家咖啡馆，在与画中场景相似的位置拍一张照片留作纪念。梵高也因此成为了阿尔勒人的骄傲。

站在它的面前，已经找不到当年的那种感觉了。很想知道那一年，那些个深夜里，梵高是怀着怎样的心情来到这里，又是坐在广场的哪个位置上画出了那幅著名的《星空下的咖啡座》。

这是一家通宵营业的咖啡馆，也是梵高曾经借住的咖啡馆，他曾用了两个通宵画出了《夜间的咖啡馆》这幅画。在画中，他使用了刺激性较强的颜色，视点较高的透视效果，使画中透出极度的不安和压迫感。冷清的咖啡馆中，昏暗的光线让人有一种轻微的窒息感，顾客很稀少。那些人中，或是无家可归的流浪者，或是已经醉得不省人事的醉酒者，或是借打台球来消磨内心空虚的人，或是角落里偷偷幽会的情侣，他们的心中充满着纠结，有绝望，也有希望，有悔恨，也有幻想；有紧张，也有放纵。他们发狂得几乎想要毁灭自我，他们几乎理智尽失，只想要犯罪。

画中人物的那些复杂的心态正如梵高自己心中的感受一般，他与他们感同身受，却必须抑制住自己内心的那些烦躁不安，抑制住内心的那些颓废。住在咖啡馆的那些日子里，他将弟弟给他寄去的生活费大把大把地花出去，用来买酒，用来作画，因为只有饮酒才能激发出他内心那些无法释放的情感，只有作画才能让他将自己的情感和能量用最适合的方式释放出来。

随后，他发现了咖啡馆背后那一角蓝色的夜空，看到夜空中闪耀着星星，看到煤气灯下那若明若暗的阳台。梵高爱上了这样的夜景，他认为，和白天相比，这夜间的颜色更加丰富，景象也更加具有生气，于是心中便产生了一种要将这一景象移至画布上的念头，这便有了《星空下的咖啡座》。

之后连续好几个夜晚，他都坐在咖啡馆的外面进行创作。夜晚的星空是很难让人把握的，那夜的颜色，时而深厚，时而浅薄。那星星的光芒，时而明亮，时而黯淡。然而那一般人难以驾驭的色调，在梵高的笔下却仿佛有了灵魂，想必为了画好这幅画，每天夜幕一落下，他便来到这里，选好位置坐下，目不转睛地看着那片天空吧。

和咖啡馆里的消极哀伤不同，咖啡馆外的景色活泼生动许多。安静的小巷中，偶尔有人经过，咖啡店的露天咖啡座里坐着一些客人，优雅的服务生正在为顾客点单。那天空中的繁星将蓝色的夜空点缀起来，星光弥漫，夜便不那么清冷了。黄色的雨篷和黄色的灯光笼罩着咖啡座，给人暖暖的感觉。广场的地面是由大大小小的鹅卵石铺成的，整齐排列的鹅卵石好像鱼鳞一般的模样。

100多年过去了，咖啡馆还在，咖啡座也还在，因为这幅画的缘故，无论换了多少位店主，那画中的雨篷和布置都仍然保持着原样。仍然有许多人在入夜后到这里饮酒，放松，或是喝上一杯香浓的咖啡。只不过，咖啡的味道和当时必然是不同的了，墙壁的颜色也被刻意地粉刷成了与画中颜色相近的黄色。旧时那些咖啡座的座椅早已经破损得不能使用了，所以现在的椅子都是新的，与画上不同了。

傍晚将至，这里的人却多了起来。我知道，他们是来等待画中的场景再现。很多游客会在傍晚时分慕名前来，点一杯咖啡，静静地坐在那里，等待着夜幕的降临，期待着能够看到与画上相同的景象，想要体验身临其境的那种感觉。而我却并没有那种念头，即使真的看到了相同的景象又能如何呢？那毕竟是100多年前的风景，物非人也非，又有什么值得刻意追寻的呢？梵高已经不在了，咖啡馆的名字改变了，外墙的颜色改变了，椅子改变了，因为时代改变了。

意境，并不是想要追求就能够追求得到的。真正的意境在于人们自己的心中，而不在于外在的风景里。在我生活的那座城市中，很多人都在为了追求某种意境而刻意制造意境，得到的却永远只有那些似是而非的东西，或者失望。

就像现在很多人喜欢在咖啡馆里静静地坐着，听着音乐，看着书，微笑着与人交谈，看似优雅娴静，而一旦电话铃声响起，一旦听筒里传来那些自己需要面对却又不愿面对的消息，就会立刻无法保持镇静，拔腿而去。又像是那些整日声称自己有着信仰的人们，同样会在遇到不顺心的事情时暴跳如雷，同样会在得知自己被人背叛时抱怨不止，同样会在做每一件事之后反复计较着自己的得失。

我并非认为环境对内心不会产生一定的影响，只不过那些影响永远不能主宰一个人。一个人的气质，并不是刻意制造便能制造得出来的。真正的信仰，也不是口口声声地向人宣扬便真正存在于心的。那些真正心静如水的人，无论什么时候，无论在哪里，都能够镇静自如，都不会轻易为了一些琐事而动怒。那些真正有着信仰的人，也绝对不会因为受到一丝不公平的待遇，经历一些自己不喜欢的经历便哀怨重重。

追寻梵高足迹的人每年都有很多，他们一批接一批地来到这里，参观他的住所，欣赏他的画作，在他作画的地方寻找曾经的气息，却不知有几人能够真正体会到那位了不起的画家当时的心境呢？如果有人能够从中真正地体会到梵高作画时的心境，能够真正地了解梵高作画的意图，想必生活在天堂里的梵高也会感到欣慰吧。

梵高的画能够名扬世界，在他作画之时，除了他自己，没有人肯相信。他曾经经历的那些困苦，那些无奈，终于在他身后有了回报。阿尔勒，这座普通的小城市，因为他曾在这里生活而闻名于世，就连一家小小的咖啡馆也因他的画而被世人所知。但是只有少数人才会意识到，这间咖啡馆再也恢复不到画中那份安宁的气氛了。

行走在这座城市中，能够看到太多与梵高有关的建筑，躲在细小巷道里的梵高的纪念艺术廊中收藏了来自世界各地的艺术作品，悠悠的罗纳河水和横在上方的特林克泰尔桥都曾在梵高的画中出现，已经被改为文化中心的房子曾是梵高休养过的医院……

梵高虽然只在这里生活了不算久的时间，却在这里创作出了太多的杰作，也给这座城市留下了太多他的气息。他的灵魂已经深深地嵌入了这座城市的建筑，渗入了这一片土地。

郁郁寡欢的雨·往事潮湿

寂静的深夜里,一个细微的声音在轻轻地诉说着什么。我沿着声音走去,看到一位红色头发、穿着长衣的人正孤独地坐在角落里,面前放着一杯茴香酒。他只有一只耳朵,双眼空洞地望着前方,口中不断喃喃自语。我在他面前坐下,他却看不到我一般,仍然沉醉在自己的幻境中。我看到他萧瑟的眼神、干枯的面孔、凌乱的头发。

突然间,他的脸破碎了,像是年久干裂的墙皮般,一片一片掉了下来,他却浑然不觉,眼睛仍然盯着不知什么地方。那张脸越来越破碎,掉落了一地,散发出灰土的气息。渐渐地,他的身体也一片片破碎,掉落。终于,我面前那个人不见了,只剩下杯中的酒还微微地散发着香气。

突然间,周围的一切改变了,我置身于一片蓝白色的漩涡之中，那漩涡朝着顺时针方向旋转，却始终保持着它的形状，这让我有些晕眩。无论我向哪边走，它都在我的面前，让我无法躲避。漩涡的身后是漆黑的远山，它们似乎离我很远，远到另一个世界，无法触及。明亮的黄色圆点分散在背景里，像夜空中的月，也像街上的路灯，周身带着光晕，明晃晃的，很是耀眼。

我走进漩涡，看到时光飞逝的场景，那街道、咖啡馆、那河流、那桥、那成片的向日葵……我伸出手，任它们从我的指尖流过，不留下一点痕迹。

漩涡的尽头有一扇门，打开门走进去，看到一间小小的屋子。透过窗子，可以看到院子里的花灿烂地开放着，中间的水池中倒映着天空的蓝，圆形的水池周围铺着小径，那形状好像太阳的光线。可是笔直的白杨将院子围绕起来，小径便没了延伸的方向。

那缤纷的色彩，那美丽的阳光，都被挡在了屋子外面。屋子里摆放着画笔、颜料和画架，画架上放着一幅画，画的正是窗外的场景。画里的世界是明亮的，将手放在画上，甚至能够感受到外面的温度，遗憾的是，那温度不能释放，让屋子也变得温暖明亮。

恍惚间，我听见有人在哭泣，那哭声微弱极了，还不及那眼泪打在地板上的声音更响。一点一滴，渐渐变得像流水一般，一阵风吹来，身上有点凉。

我睁开眼，上方是白色的天花板和日光灯。我扭过头，右侧是昨夜睡前忘记关上的窗，窗外的天有些阴，雨滴从天上落下来。

竟然下雨了，在这座一向以明媚的阳光闻名的城市中，竟然这么巧让我遇上一场雨。阳光被乌云收进了口袋，清透的蓝色也从天空中消失了。窗外的行人变少了，忘记带伞的孩子在雨中奔跑着，寻找着一处可以避雨的地方。一些人撑着伞在雨中漫步，或许不是漫步，而是没有不得不去的地方。

下着雨的阿尔勒给人一种不一样的感觉，如果说阳光下的阿尔勒让人充满活力和激情，那么雨中的阿尔勒则令人略感忧伤和清冷。露天的咖啡座上没有了顾客，客人们都坐在里面的座位上，透过窗子等着雨停。那些雨篷被雨滴拍打的声音，有着凌乱的节奏感。雨水沿着雨篷淌下来，像是用透明丝线串起的水晶门帘。

雨水冲洗着街道上的鹅卵石、花坛、台阶、路灯。窗外那些漂亮的花朵仰着脸，它们的面容在雨水的滋润下更加娇嫩——是的，是娇嫩而不是娇艳。无论它们的色彩有多么鲜艳，它们仍然低调地绽放。论坛广场上的普弗雷德里克·米斯特拉尔仍然昂着头，目光坚定地望着天空，不知他的心里在想着什么。那一丝不苟的神情，那笔直的身躯，竟然让人有了一种崇拜之情。

听说梵高到达这里的那一天，天空中也下着雨，细雨打湿了这位画家的衣衫，让他看上去更加困窘颓废。他背着画夹，行走在湿润的小巷里，那压抑的感觉让他不由得兴奋起来。那是怎样奇妙的一种感觉，竟然能够让压藏在心底的情绪一点点渗出那颗苦闷的心，竟然能够让灵感从心中涌出来，流淌到画布上。那雨滴的"嘀嗒"声仿佛在对他说："我懂。"这使他一下子爱上了这里。

灰蒙蒙的天气，湿漉漉的街道，穿过暗暗的小巷时，仿佛上方有一种无形的力量在向下扣下来，扣住了这座城市，隔绝了那份愉悦。共和广场的地面被雨水浸湿后，显现出方形尖碑和周围房屋的倒影，那模糊的倒影看上去仿佛是另一个世界。

一位姑娘穿着长长的大衣，脚上一双长筒靴，撑着一把蓝色的伞从我身边经过。大衣的衣摆轻轻扬起，露出里面的短裙和修长的双腿。她的双脚踏在薄薄的水面上，溅起一点点水花，只是一点点，微微地溅起，又轻轻地落下。雨水顺着雨伞滑落，偶尔几滴打在她的肩膀或者长发上，但她的心情没有受到天气的影响，脸上没有流露出一点不快。

下着雨的天气里，总是越发地容易让人想起一些往事。大约几百年前，一位著名的女歌唱家爱上了一位普通的年轻人，爱上了那种平凡而朴实的生活。和许多爱情故事中的情节一样，为了爱情，她离开了舞台，放弃了鲜花簇拥的生活，和心上人来到了这座小城，用自己全部的积蓄创办了一家旅馆，从此过上了守家待业的生活。

虽然离开了舞台，离开了掌声和鲜花，她骨子里那股在多年艺术生涯中养成的艺术家气质却没有丝毫减少，她的名气也没有丝毫减弱。许多艺术家们来到这座城市后，都会带着他们的作品入住她的旅馆，在这里小住、对饮、吟诗、放歌。渐渐地，她凭借自己那些艺术天赋将旅馆打造成了一间艺术沙龙，旅馆里不但收藏了许多画家们的画作和摄影师们的摄影作品，还挂上了斗牛节获胜者的"战袍"。

女歌唱家的前半生绽放在舞台上，后半生则绽放在这家小小的旅馆里。艺术沙龙的名气越来越大，旅馆的生意也越来越好，吸引了越来越多的艺术家们光顾。每一天，她都尽情地享受着旅馆里的热闹，享受着这座城市带给她的幸福，直到她的丈夫去世。当身边那个心爱的人已经不在了，当自己的头发已经从金黄变成银白，她再也没有心思和精力去经营这家旅馆了。即使旅馆的生意仍然红火，可那热闹终究是别人的，已经与她再无关系。

终于，她卖掉了旅馆，决定找一个安静的地方独享晚年。遗憾的是，在卖掉旅馆的第三天，她也离开了人世。人们发现她的时候，她的手中捧着丈夫的照片，安详地躺在床上。她是在睡梦中安然地离去的，没有挣扎，没有哭泣，没有不安。或许在梦中，她见到了那个心爱的人，于是便开心地随他而去了。

如今，那旅馆仍然存在，旅馆的主人也已经换了一位又一位，只有墙上那一幅幅画和一张张老照片仍然在向人们诉说着它的历史，讲述着当初那位女主人是多么用心地经营着这家旅馆，多么用心地过着她的生活。

雨还没有停，街道上唯一的色彩来自小店里那些"向日葵"明信片。突然间，我好像明白了梵高为什么会对向日葵那样情有独钟。无论何时，向日葵的颜色都让人感受到无限的热情，即使在阴雨连连的日子里，有向日葵的地方就有温暖和希望。

麦田和向日葵都令梵高心动，其中一个原因是它们那金黄的颜色。梵高对蓝色和黄色都有着深深的热爱，他在自己的画中大量使用这两种颜色，然后用不同的明暗程度和不同的深浅程度将不同的意境表达出来。那金黄的向日葵就是梵高心中的太阳，那片向日葵田就是充满阳光的地方。

有人说，那种狂暴的黄色代表的含义有两种，一种是生机勃勃怒放的生命，另一种是无法自制狂躁跳动的神经。在梵高的画中，这两种含义都充分地表达了出来，那直接挤到画布上的色彩，那用手指涂抹的疯狂，都是他燃烧生命的方式。

无论别人怎么说，那美不胜收的景象的确触动了梵高的神经，触动了他对大自然的渴望。在那片金黄的向日葵田里，他看到的不仅仅是仰起脸庞面对太阳的向日葵，不仅是拍打着翅膀成群地划过天空的乌鸦，还有一些人们看不到的东西，那是阳光下的精灵，是向日葵的灵魂，是大自然给予它的希望。

细细的雨渐渐变得安静了，乌云一点点散去，天空中的灰暗变浅了。渐渐地，雨神将金色的阳光还给了这座城市，也将纯净的蓝色还给了这里的天空。雨停了，街头巷尾还挂着湿湿的水珠，郊外的泥土里散发着潮湿的芬芳。太阳在天空中重新露出笑脸，整座城市又恢复了那热情明媚的氛围。

忧伤的情绪和那些潮湿的回忆一同被晒干，几滴刚要落下的眼泪在阳光中蒸发得无影无踪。街道还没有恢复往日的热闹，行人却已经渐渐地多了起来。雨过天晴，美丽的少女、慈祥的老妪、婴儿车中挥着小手的婴孩、奔跑的孩子，都在这午后的阳光中定格，印刻在我的脑海之中。

亲爱的邻居·你无法读懂我的叹息

寻到当时梵高居住的楼房，发现那早已不是当初的样子。第二次世界大战期间，那栋狭长的二层楼房被无情的炸弹炸成了碎片，梵高一定不会想到，自己精心布置的小屋就在转瞬之间灰飞烟灭，那明亮的色彩也在一瞬间爆炸开，然后再也看不见。战争过后，那里只剩下满地的楼房的残骸和滚滚的浓烟。

战争结束后，人们在原来的位置上新建了一座房子。故人已逝多年，没有再去特意将它粉刷成黄色，何况那黄色的小楼原本就是格格不入的。若不是那幅画在世界出了名，怕是再没人想起，这里曾经有过一栋与众不同的房子，房子里曾住过一个与众不同的人。

1888年5月，梵高将这里那栋双层楼房右侧的四个房间租了下来，然后将房屋的外墙粉刷成了黄色，这便是他的画作《黄色小屋》的原型。在一片灰色古典的居民楼之间，那黄色的小楼显得格外耀眼。当阳光洒在上面的时候，那小楼便散发出一种由内及外的光芒。

对于梵高而言，这栋黄色小屋有着特殊的意义，那是一个安全的堡垒，是一个自由的天堂。在此之前，他从未有过如此真切和深刻的安全感和自由感，而住进这栋被他精心装扮的小屋后，他才真实地感受到了这些感觉。虽然只是临时租下的，但是在他心中，这是完全属于他的地方，没有人能够干涉，没有人能够打扰。他可以按照自己的喜好去布置它，去装饰它，这里的一切都在他的掌握之下，所以他不需要有丝毫担心。

梵高对颜色有着一种特别执着的挑剔，在布置卧室的时候，他选择丁香紫作为门的颜色，又选择了铁锈绿作为窗框的颜色。另外，卧室里每一样物品的颜色也都是他精心挑选的，嫣红的水泥地面，紫罗兰色的室内墙壁，黄油色的桌子和茶几，樱桃红的被套，以鸡蛋黄为主色并掺杂着香木橼绿色的床单和枕头，丁香紫的大门……这些复杂的颜色被他恰到好处地搭配在一起，让整间卧室看上去格外鲜艳和明亮。

梵高的邻居们看不到他室内的摆设和装饰，却无法对他粉刷的外墙视而不见。对于那些在这座城市中生活了很多年，早已习惯了平淡和安定的人们来说，梵高的到来无疑使他们的生活中增添了一些怪异的因素。

清晨，阿尔勒的阳光唤醒了睡梦中的每一户人家，他们伸懒腰，打着哈欠，打开窗户，呼吸着早上清新的空气。阳光下的城市也像刚刚苏醒一般，懒洋洋的，颇有一番印象派的调调。在这座城市里，没有那么多的生僻，也没有那么多的生疏，若是对面的住户恰好也打开了窗户，他们会相视一笑，然后打个招呼。街道并不宽阔，不需要大声呐喊对面的人便能够听到，于是，清晨的问候成了大多数家庭的习惯。

梵高却是一个例外。和许多艺术家一样，梵高过着没有规律的生活。他的窗户时而敞开，时而关闭，却都与时间无关。有时，明明是早上，他的窗子和窗帘却都紧闭着，屋子里寂静得没有一点声音，如若无人。而到了深夜，人们都准备上床睡觉的时候，他房间里的灯却仍然明亮，没有一点熄灭的意思。

一杯咖啡，一片面包，一顿简单的早餐，美好的开始。人们怀着一颗愉悦的心情，开始了新一天的生活。早起的鸽子"咕咕"叫着，飞过千家万户的屋顶，偶尔落下一两根羽毛，那也足以使那些天真的孩子们兴奋了，他们捡起羽毛，小心地插在房间里，当成是幸运的礼物。

这座城市很小，走在街头，随时都有可能遇上熟悉的面孔。或许是朋友，或许是邻居，或许只是刚刚见过的某个人。人们对这样的情景早就习以为常，遇到了，便打个招呼，或者相互微笑一下，然后各自去做各自要做的事。或是不忙，他们也会停下来聊聊天，或是结伴而行一段路程，之后简单地告别。不会有不舍，也不会有尴尬，每个人都是那样的自然。即使是陌生人，见得次数多了，也会打上个招呼，然后渐渐地熟识起来。于是在这座城市中，随处都能够感受到浓浓的人情味。

在与人相处这方面，梵高又是一个例外。他或是足不出户地在室内创作他的画作，或是一个人孤独地去外面写生。他的人生活在这座城市里，他的心却生活在他自己的世界中。当他背着画具走向写生的地方时，他的心中所牵挂的只有将要创作的画作，只有对自己作品的构思，在街上遇到的人对他而言都是过客，无论见过多少次，他也记不住他们的样子。

为了装饰自己的小屋，梵高画下了一系列以向日葵为主题的画。为了画出心中的那种向日葵，他曾连着几天将自己放到烈日下的向日葵田中，甚至不在意自己的皮肤已经被阳光晒成了焦黄的颜色。

在法语中，向日葵象征着"落在地上的太阳"。梵高会对向日葵有着疯狂的热爱，是因为他的生命中充斥着一种压制和反压制的纠结感。他将看到的一切事物都赋予生命，因为他期望一种有生命，有热情的生活，他需要一种不会熄灭的火焰永远怒放在他的生命中，点燃他的每一天。遗憾的是，没有人能够理解他的这种狂热和痛苦。即使是他身边的朋友也无法完全理解他的心情。

来到阿尔勒后，梵高的心情从来没有这么好过，他的画风也明朗了许多。然而，他的精神状况却并没有完全好转。他的眼中闪着光，面容却依然憔悴。苦艾酒浸泡出的悲伤情绪还是时常困扰着他，让他不由自主地发怒、发狂。

在邻居们的眼中，梵高是一位看上去有些怪异、喜怒无常的画家。没有人明白他为什么要将好好的房子粉刷成刺眼的颜色，也没有人明白他为什么能够连续那么多天闭门不出，却又突然间匆匆出门，匆匆地回来，明明已经贫困到了极点，却不肯外出谋生，似乎生活中除了画画再无其他。幸好，他只是生活得与众不同了一些，至少，他没有打扰到其他人的生活，所以大家对他的那些怪异的行为虽然不能理解，却也无人说些什么。

如果不是拮据的生活让他在贫困中饱受煎熬，如果不是那蛊惑人心的苦艾酒让他沉浸在一种似幻似真的情绪里，如果不是他在恍惚的狂乱中割下了自己的耳朵。或许，梵高还可以继续住在这让他安宁舒适的小屋里，还可以在这座城市中幸福平静地生活下去，还可以创作出更多绝世的著作，还可以将他的梦想推至更高的阶段。

梵高的黄色小屋一共有四个房间，这四个房间中有两间在楼上，还有两间在楼下，楼下的两间被梵高作为了画室，而楼上的两间被他作为了卧室，其中一间是他自己的，另一间则是为高更准备的。很可惜，高更虽然在他的热情邀请下前往黄色小屋与他同住，却并不太适应与他一起的生活。他们对于绘画各持己见，经常在讨论创作的时候发生争吵，谁也不肯让步。他们的争吵让邻居们感到头痛，可是谁都知道，对于这样一位画家来说，即使提出抗议，他也不会听得进去，索性就算了。

梵高和高更住在一起后，生活越来越不平静，甚至失去了最初用信笺交流时的那种愉悦感。他们之间的不同越来越明显，争吵也越来越激烈，终于在一次和高更的争吵之后，梵高割下了自己的一只耳朵。有的资料上说，梵高将割下的耳朵送给高更，另一些资料上则说，梵高将割下的耳朵送给了一名妓女。关于这件事的细节，没有人完全清楚，就连高更本人也没有提及，大家都只知道，那次争吵是梵高与高更两人最后一次的见面。之后，高更便默默地搬出了那间房子。

那件事之后，梵高的精神状况越来越差，少了一只耳朵也让他整个人看起来更加的恐怖，小孩子看到他会吓得躲到妈妈的身后，周围的邻居对这个割下自己耳朵的疯子画家感到害怕，不愿意再与他居住在同一栋房子里。不仅其他住户对梵高产生了排斥，房东也担心梵高会做出更疯狂、更可怕的事情，于是再也不肯继续将房子租给他。不得已的情况下，梵高住进了阿尔勒医院。

虽然医院中的景色很美，花开得很鲜艳，他的精神状况却未明显好转。即便如此，梵高仍然坚持着心中的那个梦想，难得有稳定下来的时候，他便会拿起画笔，在画布上继续着他的人生。对于梵高来说，绘画是他生存的意义，他将生命燃烧在画里，将那些情感释放在画里。他想在绘画中逃离那让他烦乱的生活，因为当他全神贯注地创作他的画作时，他能看到来自天堂的光芒，那光芒温暖而柔软，让他的心变得放松，变得舒适，变得开朗。

可是那种景象仅仅出现了短暂的一瞬，就像卖火柴小女孩手中的火光一般，一阵风吹来，就熄灭了。他又一次坠入那无尽的烦躁和暴怒中，他奋力地涂抹着颜料，奋力地撕扯着他的每一根神经，那已经无比脆弱的神经仿佛一团缠在一起的风筝线，每一只风筝都向着它要去的地方挣扎着，越是挣扎，那线就缠得越紧，那结就系得越实。

终于，他还是离开了这个世界，在金黄的向日葵田地里，他用一支手枪结束了生命。在那他最爱的颜色中，在那他最爱的花田里，他终于自由了，他的灵魂也终于得到了安息。

两小时午餐·每一次咀嚼都是诗意的

中午时分，我在阿尔勒的一家小餐馆里用餐。餐馆里的人并不多，看样子，有不少人都是来当地旅游的游客，他们一边品尝着具有地方特色的食物，一边评价着这些东西的味道和色泽。

我在普罗旺斯用餐数次，有时是在当地特色的小餐馆，有时是在稍微有些规模的饭店，有时是在洋溢着艺术氛围的咖啡店，无论在哪里用餐，我都能够品尝到美味的食物，这让我倍感享受。

用餐的次数多了，我也渐渐发现了这里关于饮食的一个特点，或许和这里慢节奏的生活有关，又或者是因为这里的风俗习惯。人们在吃饭的时候都是一副不紧不慢的态度，他们喜欢悠闲地舀起一勺饭菜，将它小心地放入嘴巴里，然后细细地咀嚼，最后缓缓地咽下。即使不亲自品尝他们盘中的菜肴，仅仅看他们用餐的样子，都能够感受到食物的美味。

在普罗旺斯，无论在城市还是在郊区，每一个地区的人都是这样用餐的。看他们用餐的样子，悠然自得，面带笑容，就像在与爱人进行着最亲密的交流一般。那种心情，怕是我所生活的那座城市中的人无论如何都感受不到的。

很多孩子在小的时候也都曾被教导吃饭时要细嚼慢咽，我也一样。和爷爷奶奶一起生活的那段日子，做事总是一板一眼的爷爷告诉我，吃饭时不能说话，不能看电视，不能看书，不能玩耍，一定要安静地坐在椅子上，专心地吃完，才可以去做其他的事情。爷爷告诉我，每一口饭菜都要嚼30下左右，这样比较容易消化，对胃有好处。那时，爷爷在我眼中就是世界上最博学的人，我认为他说的一切都是对的，所以对他言听计从。于是，每次吃饭，我都会很仔细地吃，慢慢地咀嚼，然后慢慢地咽下。

后来，从爷爷家搬出来，回到了爸爸妈妈的身边，再没有人对我说这些话了。随着年龄的增长，这些教诲渐渐地淡出了我的脑海，细嚼慢咽的习惯也渐渐地改变了。只有吃到特别美味的食物时，才会想到要让它在嘴巴里多停留一些时间，但那也只是为了多享受一会儿它的味道，一旦味道变淡，还是会不假思索地将它嚼碎咽下。

再后来，工作了。在不得已中，习惯了都市里的匆忙。习惯了在匆忙的节奏中生活，匆忙地洗漱穿戴，匆忙地冲出家门，匆忙地追赶公交车和地铁，匆忙地在寒风中吞下早饭，匆忙地工作，然后匆忙地赶到食堂排队打饭或是去周围的快餐店里点一份快餐，匆忙地吃光碗盘里的东西，再匆忙地回到办公室继续未完的工作。

如今，"细嚼慢咽"这个词便彻底从我的字典中消失了。除了在特定的场合中需要故作优雅地进食，我不会再去仔细地分辨哪些食物需要多咀嚼一会儿，哪些食物可以少咀嚼一会儿，也不会再去仔细品味每一道菜。那些应酬时的用餐，哪里顾得上那么多呢？学会察言观色，揣摩对方的心理才是最主要的。而约会的时候，满心都在努力地措辞，在留意自己的言行是否合对方的心意，即使细嚼慢咽，那心思也不在菜肴之上了。

在普罗旺斯，吃饭并不仅仅是一项填饱肚子而进行的活动，同样也是一件神圣的事情。来到普罗旺斯，我才真正地恢复了正常的饮食，恢复了健康的饮食习惯，才记起丰盛的午餐，是需要怀着一份感恩的心，细细品尝，静静享受。

在阿尔勒郊区，我发现了一个奇怪的现象，所有中小学的午休时间都格外的长，而且在午休时间，很少能够看到学生们在操场上玩耍的身影。学生们究竟用这段时间做什么呢？我问过周围的人才知道，这里每一所中小学校都为学生提供了长达2小时的午餐时间，只是为了让孩子能够充分地享受他们的午餐，更好地吸收营养，更深刻地体会到一顿午餐的真正价值所在。

在阿尔勒郊区的一家小餐馆里，我看到一家四口正在享用午餐。两个满头金黄色卷发的孩子对桌子上的烤鸡表现出深厚的兴趣，他们目不转睛地盯着它，随时准备出手争夺那只诱人的鸡腿。他们的爸爸妈妈看出他们的心思，于是分别帮他们分了一只鸡腿，两个孩子开心极了，拿起鸡腿迫不及待地啃了起来。这是多么和谐、多么美好的一幅画面！

两个孩子都带着书包，看上去最多不过小学一年级。大一些的孩子只顾着吃盘子里的鸡腿，不肯吃其他的菜，他的妈妈用柔和但坚定的语气告诉他，如果他只吃鸡腿的话，以后他的每一顿饭都只会有一道菜，即使这道菜他不喜欢，即使桌子上还有其他喜欢吃的菜，他也不可以选择。大孩子想了想，最后还是放下了鸡腿，开始吃桌子上其他的菜肴。小一些的孩子似乎还用不太好刀叉，他想用手去抓，却被爸爸及时制止了，他只好重新拿起刀叉，小心地切着面前的食物。

这只是一顿普通的午餐，桌子上的菜肴却很丰盛，有主食也有副食，有小吃也有甜品。青菜、肉、汤、面包、水果……那些食物看起来即美味又营养。孩子们大口大口地吃着，吃得很开心。这顿饭一共花了两个小时左右的时间，然而在用餐的过程中，没有一个人表现出急切，没有一个人的脸上流露出不耐烦。用餐完毕，孩子们带好书包回去上课，爸爸妈妈们这才去忙各自的事情，简单的一次家庭聚会就这样结束了。

这种简单而平常的家庭聚会几乎每天在每个家庭中都会发生，也许发生的时间地点并不相同，有时是午餐，有时是晚餐，但参加的人员却一定是相同的，有爸爸，有妈妈，还有孩子。用餐时间对于这里的人来说，并不仅仅是填饱肚子的方式，也是与家人共同享受美食的机会。一家人坐在一起，好好地吃一顿午餐，比什么都幸福。

这里是圣洛朗，一个距离里昂湾不远的小村庄。是的，这里并不是什么大都市，没有人会去在意食物的贵贱，也没有人去在意餐厅的档次。他们只要吃得健康，吃得安心，便心满意足了。可是，虽然对于午餐的档次没有要求，午餐对于这里的人来说却一点也不简单，其中主要一个原因便是对食物新鲜程度的要求。

这里的人们崇尚健康饮食，他们自给自足，种菜、放牧。许多人家的院子里都种了蔬菜和水果，蔬菜成熟得很快，所以他们的院子里常常一片绿油油的颜色，那绿充满生机，充满希望，也充满健康。水果虽然成熟得慢一些，但是每当水果挂满枝头的时候，院子里就会飘起淡淡的果香，清新的果香经常引得孩子们跃跃欲试想要爬上枝头采摘，却每每都无能为力。

村子的周围生长着许多树木，听村民们说，每到春天，他们就会砍去一些树木，人为清理出一片空地来。这些空地是为村民们提供野生食材的宝地，这里会长出野生的芦笋，还有美味的牛肝菌。这些野生的食材会被村民们采回家，洗净，处理，最后变成村民们饭桌上的一道道菜肴。

由于学校为孩子们提供的午餐时间非常充裕，很多家庭都宁愿孩子回到家中吃午餐，这样既可以多一些和孩子相处的时间，也可以让孩子品尝到妈妈们最用心搭配出的爱心午餐。那些美味的、健康的、营养丰富的午餐给孩子们带去了健康，也带去了一份好心情。在妈妈浓浓的爱中，一顿普通的午餐也变得更加可口了。

并不是所有的家庭都有条件亲手为孩子准备午餐，有些家庭的父母工作时间比较紧张，或者单位不在本地，以至于没有多余的时间赶回家陪孩子们一起吃午餐。正因如此，许多学校也为学生们准备了午餐。在那些提供午餐的学校中，每一顿午餐都有专人进行精心安排。荤素得当，就连饭后的甜点和水果都不是随随便便敷衍了事的。这些营养均衡的食谱足以突出这里的人们对午餐的重视。

相比与我所生活的那座城市中的孩子们，这里的孩子们无疑是更幸福的。这里的孩子们有足够的时间去品尝每一餐，有足够的时间和家人相处，也有足够的时间让食物在身体中得到完美的消化和吸收。他们吃到的食物不是最贵的，却是对身体最为有益的；他们吃到的午餐不是最豪华的，却是最用心准备出来的。而在我所生活的那所城市里，孩子们吃的最多的是各种各样的快餐，那些食物只能让他们的味觉在刺激中得到满足，却永远不能让他们的心中充满温暖的感觉。

快节奏的生活不仅让上班族们的生活变得忙碌，学生们的生活也一样变得忙碌了。当圣洛朗的孩子们迈着轻松的步伐迎接他们的午餐时，他们正如潮水一般涌出校门，奔向周围那些中式或西式的快餐店；当圣洛朗的孩子们正在悠闲地与家人共进午餐时，他们正坐在小小的桌子前狼吞虎咽；当圣洛朗的孩子们正在慢慢地走回校园时，他们正在向学校飞奔，完全顾不上自己刚刚吃过饭。

中午，原本最为惬意的时间段，就这样被撕得粉碎，就这样被压缩成了一块饼干；午餐，本该多么美好的事情，就这样变成了一项任务，而非享受。这不仅是对食物的不尊重，也是对我们身体的不尊重。

如果不是来到这里，我或许已经忘记了多年前爷爷的教诲，忘记了最能够让食物将它的作用发挥得淋漓尽致的方法。也许，我们在为了生活奔忙的同时，真的应该时常停下脚步好好想一想，到底为了什么而生活，自己做的那些，付出的那些，舍弃的那些，究竟值得不值得。

我慢慢地咀嚼着口中那片莴苣叶子，除了满口的清爽，我还觉察到了一股纯粹；我细细地品尝着口中那块牛排，除了浓香的汁水，我还体会到了一种力量；我浅浅地抿一口新榨的果汁，除了满口的清香，我还感受到了阳光。

香料的天堂·多元化味觉

法国人将吃看得很重要，他们把吃看作生存的意义，常说自己"不是为了生存而吃，却是为了吃而生存"。对于法国人来说，最不能接受的就是被我们称为"垃圾食品"的西式快餐。他们认为，这种食品中含有的太多不健康因素。除此之外，那种食品虽然名字上五花八门，在味道上却单调得很，吃起来几乎都是同样的味道，这也是法国人排斥它们的原因。

法国的美食以精致而闻名，同时，也以它们独特的味道而闻名。每一道菜都有其独特的味道，那种味道是无论哪位厨师进行烹饪都不能更改的味道。一旦味道变了，菜的精髓也就失去了。法国人沉迷于那种味蕾上的享受，当美味的食物碰触到舌尖，然后沿着两侧的味蕾扩散开时，一种说不出的快乐萦绕在心头，令人兴奋，令人激动，令人感到无比幸福。

在法国，每一位女人都有不下一瓶的香水，她们会在不同的场合选择不同香气的香水，也会根据当天所穿的衣服来选择合适的香水，用清新的香味搭配青春洋溢的服饰，用浓郁的香味搭配性感的衣服，用淡雅的香味搭配端庄的晚礼服。对于法国的女人来说，香水是她们生活中的必需品，对于她们来说，不喷香水便出门比素颜出门更可怕。

香水是女人的催化剂，让女人更加有魅力，香料是美食的催化剂，让美食更加诱人。正如法国的女人离不开香水一样，法国的美食也离不开香料。

香料在法国料理中占有非常重要的位置，它是法国菜的灵魂。可以说，没有一道法国料理可以离得开香料。无论是盛宴上的法式大餐，或是日常的家庭料理，从酒水到菜肴，从咖啡到糕点，从主食到小食，几乎所有的食物中都可以品尝到香料的存在。

香料对于法国美食的意义，就像香水对法国女人的意义一样，它是让法国料理变得更加美味的秘诀所在。对于法国人来说，若是没有了香料，那种痛苦简直要比没有了盐或糖严重得多。用茴芹勾兑的茴香酒让人沉醉其中难以自拔，加入了香料的面包释放出迷人的芳香，撒着肉桂粉的咖啡散发着格外醇香的味道，香艾菊是烹饪鸡肉和田螺时必不可少的陪衬，豆蔻则是派点上的常客……

在法国，几乎每一道菜中都需要添加香料，有时还需要添加不止一种的香料，不添加任何香料的料理几乎不存在。在炖菜和或煲汤时，法国的主妇经常会将多种香料放入一个棉布包里，然后将棉布包放入锅中和菜一起煮。这种方式在国内也很常见，不过现在大多数的家庭都会去超市里买那种已经配好了料并包装好的炖菜调料包了。

对香料的使用是否恰当，决定了一道菜是否能够以最完美的姿态呈现在客人的面前。普罗旺斯的香料能够让一位不擅长料理的人瞬间成为一位美食大家，只要他懂得运用那些香料，便能够制作出各种美食。

香料是大自然赐予人们的礼物，它们单纯而美好，清新却低调。在人们发现它们在之前，它们只是平凡的香草，安守着自己脚下那一小片土地，安静地萌芽，安静地成长。有时，它们还会成为小羊们的食物，它们也从未反抗，从未不满，仍然安静地顺其自然生活着。

当人们发现了它们，将它们应用于各种菜肴之中，它们便再也不是一株株普通的绿色植物了。它们在各种菜肴中释放出的，或淡淡的清香，或浓郁的芳香，都给人以心情舒畅的感觉。整日沐浴在地中海的阳光中，阳光的味道也渗入了它们的每一个细胞里，为它们增添了几分阳光的味道。

走在普罗旺斯的集市，第一感觉就像到了一个香料的天堂一般，各种各样的香料应有尽有，无论走到哪里，空气中都弥漫着一股混合香料的香气。不同的香料有着不同的作用，也有着不同的故事和象征。那些味道缠绕着我的鼻息，住在了我的记忆里。我也在热情的店主那里听到了不少香料的故事。他们对香料的爱，已经形成了一种文化的信仰，这让我不由得心生敬意。

百里香，法国菜必备香料之一，常用于肉类的烹饪中，以去除食物中的腥味。百里香可以晒干后使用，也可以直接使用，在汤中放一些，汤就变得更加香浓鲜美，把鸡鸭的内脏掏空，填入混着百里香的一系列香料再进行烧烤，就能烤出一只香味醉人的烤鸡或烤鸭。百里香是天然的防腐剂，在制作肉酱、香肠和泡菜时加入一些，能够让食物长久保持原味不变质，在制作奶酪和酿酒的过程中加入 些，也能使食物更好发酵并且不腐坏。

百里香的花语是勇气和吉祥。相传在古希腊，百里香的植株和图案能够帮助姑娘们觅得良人，百里香的茶则能够让男人们鼓起勇气去追求自己心爱的姑娘。于是到了中世纪，女子们会送给勇士们绣有百里香图案的围巾，这礼物中即包含了对勇士的仰慕，又包含了希望他们一切平安的意愿。所以，这礼物还有另一个名字,叫作"普罗旺斯的恩惠"。

关于吉祥的传说则来自于与爱神维纳斯有关的希腊神话。维纳斯看到特洛伊战争带给人们无尽的灾难和死亡,不由得落下了心痛的泪水,她的泪水落入凡间,几经辗转,最后化为了百里香的叶子。因为她的心中充满着对和平的渴望和对吉祥的期待,所以后人们给百里香的花语中添加了"吉祥"的含义。

迷迭香是一种能够提神的香料,它闻起来比较清甜,略带一些松木的香气,品尝起来却略微发苦,还有一些辛辣的味道,多用于烤肉中,用来去除肉类的腥膻气。有时人们也会用它来点缀比萨饼,或将它晾干来泡茶。迷迭香的花语是回忆和纪念,传说它也可以帮助人们记住心爱的人,回忆起两人在一起的幸福感觉。

相传很久以前,一位丈夫即将去一座遥远的城市做生意,他的妻子听说那里有许多懂得巫术的女巫,她们会用巫术令遇到的男人忘记过去,成为她们的奴隶,因此她很担心,四处请教能够破解巫术的方法。终于,她打听到迷迭香的香味能够破解女巫的巫术,于是她悄悄地将一些迷迭香叶子缝入了丈夫衣服的夹层中。丈夫到达那座城市后果然被女巫的巫术所迷惑,忘记了自己的名字和家庭,然而当他换上箱子里的衣服时,迷迭香的香气钻进了他的鼻子,让他想起了远在家乡的妻子,于是他趁着女巫熟睡的时候,连夜逃回了家。

薄荷对于我来说是再熟悉不过的香料了。小的时候,家里的窗台上也曾养过一盆薄荷,晚上写作业写得困了时,便摘下一片叶子含在嘴里,那一阵清凉比任何提神的东西都要管用。后来,因为胃不太好,而薄荷的凉性又太大,于是很少食用带有薄荷成分的食物了。在法国,添加了薄荷的饮品广受人们喜爱,比如薄荷汽水、薄荷茶、薄荷酒等。薄荷汽水是一种不含酒精的鸡尾酒，在法国的小酒吧中很常见，也很受欢迎，它由薄荷糖浆、柠檬汽水和冰块构成，味道清凉可口，有一部法国电影还曾以《薄荷汽水》为影片命名，讲述了两个青春期女孩子的故事。薄荷茶能够清新口气，让人提起精神，是法国女人们非常喜爱的饮品。

薄荷酒中最有名的是法国绿葫芦薄荷酒，这种酒由两兄弟研制出，如今已享誉全球。绿葫芦薄荷酒属于利口酒，酒精含量并不高，薄荷味却非常强劲。酒中一共加入了7种薄荷，这7种薄荷的味道混合在一起，带有一些甘草味，还略有一些青苹果味，让人倍感清新优雅。

在希腊神话中，薄荷原本是一位美丽的精灵，她的美丽令冥王哈迪斯爱上了她，也令哈迪斯的妻子恨上了她。哈迪斯的妻子将精灵变成了一株薄荷草，让她生长在路边，被路过的人踩在脚下，以为这样精灵就会失去人们对她的爱。没想到，精灵失去了美丽的样貌，却并没有失去她善良坚强的内心，她坚强地生长着，无论有多少人从她身上踩过，她都没有丝毫怨气，反而散发出了一股清凉的芬芳。这芬芳引起了人们的注意，渐渐地，更多的人爱上了精灵，爱上了她化身成的薄荷草。这个故事使薄荷拥有了一条花语——"永远不会逝去的爱"。

被称为"长生草"的鼠尾草至今已有上千年的历史。它的味道略带苦涩，多用于为肉类和鱼类调味，或者和奶制品放在一起烹饪，以起到分解脂肪，帮助消化的作用。它的味道很浓烈，并且不耐高温，所以在使用的时候，一般都只在烹饪即将结束时选取极少量的一点放入，否则菜肴的香味便会被它盖过去。

肉桂是一种带有香味的树皮，主要在制作甜点的时候使用，或是撒在咖啡上进行调味。有时，它也可以用在鱼类和鸡类的料理中。

莳萝，可除异味，还能够促进消化，缓解胃胀和失眠，所以多被用于为食油调味。它的味道温和甘甜，非常适合放入汤中或沙拉中，也适合用来促进海鲜的风味。

肉豆蔻是一种产于印度尼西亚的香料，它的烹调用途很广，不但可以用于糕点的制作，还可以用于浓汤的烹饪、肉菜的烹饪、酱料的调制等。

各种各样的香料丰富了法国人的味觉，也丰富了法国人的精神世界。那些动人的故事随同那些风味各异的香料一并弥漫在空气中，然后悄悄钻入人们的内心，营造出一种感性浪漫的氛围。

在这片香料的天堂中待得久了，整个人也仿佛被熏染上了一股特别的味道。也许，它们已经在不知不觉中渗入了我的灵魂，所以我才会对它们产生浓厚的兴趣。离开这里的时候，我的袋子里已经装了不少的香料，我想，以后我的生活中，也离不开它们的陪伴了。

橄榄油·大地的恩泽

充裕的阳光，湿润的空气，最适宜的土壤和气温，身居地中海沿岸的先天优势使普罗旺斯成了世界上最适合橄榄树生长的地区之一。

两千多年前，罗马人将橄榄树带到了地中海一带，他们没想到，这些橄榄树来到这片陌生的土地后，竟然马上适应了这里的温度和气候，健壮地生长起来，甚至比之前长得还要好。不料，一场霜冻席卷了普罗旺斯，对于那些需要适宜温度水分的橄榄树来说，这无疑是一场巨大的灾难。居民们认为在这样的环境中，橄榄树不可能继续生存下去，于是他们对橄榄树失去了希望，不再过问它们的生长。然而，很多橄榄树却并没有因缺乏照顾而死去。当人们砍下它们周遭的荆棘，清除周围的杂草之后，它们仅用了一年的时间便生出了新的枝叶。这也是当地人将橄榄树称为"树中的骆驼"的原因。

如今，在地中海区域，橄榄树已经成为了一种非常常见的树木。穿行在阿尔勒市附近的圣雷米镇，随处能够看到高大强壮的橄榄树，那些枝叶繁茂、叶片浓绿的橄榄树沐浴在地中海明媚的阳光中，使整座小镇洋溢着无限生机。到了橄榄成熟的季节，每一棵橄榄树的枝头都会团抱着一簇簇绿油油的橄榄果，而橄榄树的叶子则会从深绿色转变为银灰色，透出别样的风情。

听说普罗旺斯的橄榄树大约有十几种，它们大小不一，品性不一，产量也不一。对于身为外行的我来说，我只能从叶子的形状来猜测出它们属于不同的品种，至于它们具体属于哪一种，我实在辨认不出来。

从圣雷米镇的西南一直延伸到阿尔比耶，有一条著名的橄榄树大道，街道与橄榄树和谐地相依相伴，说不清是街道将那些橄榄树联系在了一起，还是那些橄榄树刚好分散在了街道上。抬起头，看着那自由舒展的枝叶，不由得想起那对在方舟上连续度过了40昼夜的诺亚夫妇。

对于一棵橄榄树来说，想要变成一棵枝繁叶茂的大树，必须要经历至少上百年的时间。我不清楚圣雷米镇的那些橄榄树们究竟经历过多少个春夏秋冬，见证过这座城市多少次的变迁，或亲眼见过多少人从牙牙学语变成白发苍苍，最后成为墓碑上的一个名字。但我知道它们都是有故事的树，当我将手抚摸上那历经了无数风雨的树干时，我感受到粗糙的树皮向我传达的信息，那是坚韧，是和平，是安定。

在很久以前，每当橄榄果成熟之时，就是镇上居民最忙碌的时候。借用现在最流行的一个词汇，采摘橄榄果算得上是一项"全民活动"，无论是成年人或是孩子都可以参与进来。采摘之前，人们会在地上铺好一张大网，然后用长长的杆子将橄榄果打落在地上，最后统一收集起来。

遇到比较高的橄榄树，则需要架起梯子，爬到树上去打橄榄果，或者直接用手将橄榄果摘下，然后扔到地上。等到树上的橄榄果都采摘完毕后，只要将地上的网收起来，橄榄果也就都被兜起来了。采摘好的橄榄果会送到附近的橄榄油工坊，由工坊的人进行加工，制成芳香四溢的橄榄油。

如今，采摘橄榄果已经不再是风靡全镇的"全民活动"了，各家工坊早已用机器取代了人工进行采摘。这样做虽然能够加快采摘的速度，提高橄榄油的出产率，却让镇上的人们缺少了一份乐趣，整个小镇也失去了一种自然形成的欢乐的庆典。当那些巨型的机器轰鸣着行驶在街道上，打落那些青涩的橄榄果时，我的心中仿佛也有什么东西落了下来。

想要榨出一升的橄榄油至少需要五公斤的橄榄，而一棵橄榄树每年只结一次橄榄果，这便是为什么普罗旺斯虽然拥有许多橄榄树橄榄油的产量却并不大的原因。眼看着意大利的橄榄油生产商们努力地开动脑筋，用尽各种方法将它们的橄榄油推向世界，普罗旺斯的橄榄油生产商们并不着急，也不焦躁，他们一如既往地淡定，这样的心情使得他们的橄榄油中也蕴含着一种宁静祥和。是的，这里的橄榄油如同这里的人们一样低调，它们不爱炫耀，不爱出风头，安静地过着属于它们自己的平淡生活，却恰恰能在不知不觉中在人们的心中占有重要的位置，声名远扬。

在圣雷米镇的西南部，有一家知名的橄榄油工坊——"城堡橄榄"，走进店铺，便可以看到满架子不同容量不同种类的橄榄油。这里出售的橄榄油品质都非常高，并且全部是手工榨出的油，所以许多顶级餐厅都会特意到这里来购买橄榄油，并与他们签订了协议，将这里出产的橄榄油作为餐厅的专供油。"城堡橄榄"不仅生产橄榄油，还在阿尔勒市附近开了一家集餐厅与酒吧为一体的直营店，顾客不但可以在直营店里买到高品质的橄榄油，还能够品尝到用他们家的橄榄油烹饪出的美味佳肴。

在圣雷米镇，像"城堡橄榄"这样开设直营店的橄榄油工坊不止一家，一家名为"农庄橄榄"的橄榄油也开设了自己的直营店。他们所选取的橄榄果均是最嫩的橄榄果，榨出的油自然也别有一番清新的风味。

许多橄榄油直营店中都设有品尝区，柜台上的橄榄油按照颜色由深到浅的顺序排列，那颜色让我想起茶叶在不同的水温和不同次数的冲泡之下所呈现出的色彩。这些橄榄油虽然没有茶水那样的清透，却有着茶水远不能及的光泽。深色的像久经世事的老者，浑厚香味中诉说着它多年来的经历；浅一些的像而立之年的中年人，香味中有成熟也有青涩；再浅一些的像朝气蓬勃的青年，对生活充满希望却缺少岁月的历练；最浅的像情窦初开的少年，浑身散发着清新和纯粹，只是味道有些偏淡。

想要品尝到最纯正橄榄油的朋友也可以在这些直营店用餐。将橄榄油倒入浅浅的小碟，然后撕一小片面包，蜻蜓点水般轻轻地蘸上些橄榄油，再将蘸上橄榄油的面包放入口中。不同于蘸了黄油或牛油的面包，此时的面包味道清甜，没有一丝油腻。面包的香甜和橄榄油的清香混在一起，滋润着每一枚味蕾，那蔓延在口中的快感让人停不下来。如果想要浓郁一些的橄榄油香味，也可以用手指将面包压出一个凹槽，然后将橄榄油注入凹槽里，让油更快更均匀地渗入面包中，这样便得到了一块芬芳四溢的橄榄油面包。

除了面包，还有很多食物都可以蘸着橄榄油食用，或者说，几乎所有的食物都可以蘸上橄榄油食用。被橄榄油点缀的食物周遭仿佛绣上了一圈光环，那是一种散发着芬芳的光环，能够让食物变得更加可口，更加诱人，就连那平淡无味的土豆在遇到橄榄油之后也变得生动可爱了。

橄榄油是由橄榄果经过独特的工艺榨取制造而成，含有的脂肪酸越少，保存时间就越长，不过若是从口感上来考虑，自然还是那些新鲜的橄榄油味道更好一些，所以人们一般都不会一次性买下许多橄榄油存放在家中，而是每次购买适量的橄榄油，用完之后再去购买新榨的橄榄油。

在国内，人们基本都是在超市里购买瓶装的橄榄油，而这里的人们除了购买已经瓶装或罐装的橄榄油外，也会带着油桶直接去工坊购买。不同油坊会使用不同的瓶子或罐子盛装自家生产的橄榄油，并在这些容器上面印好自家油坊的名字或将容器漆成特别的颜色，比如"农庄橄榄"使用的就是写有工坊名称的红色铁罐。

我向当地一家橄榄油工坊的坊主提出参观橄榄油制作过程的要求，却因工坊正在使用中而被拒绝了。不过热情的坊主向我介绍了一家老式工坊的旧址，他说，那里虽然已经不再使用了，但是里面的设备仍然保持着原来的样子，我可以去那里看一看。

按照他给的地址，我一路行驶，直到眼前出现一个小山坡才停下。这里的景象让我有片刻的震惊，无数高大粗壮的橄榄树林立在山坡上，仿佛一群守护着山坡的卫士。走入橄榄树林，深绿色的叶子密密层层地在我头顶铺盖着，偶尔有几块空隙，阳光就从这些空隙中落下来，映在地上，形成一块块光斑。整片树林中没有人声，没有鸟语，只有安静。

每当橄榄果成熟的时候，这片橄榄树的海洋便会叶浪翻腾，不再安静。大批的采摘工人来到这里，爬上它们的枝头，打落它们花了一年时间孕育出的果实，再将果实带到山坡的另一边，那里是新工坊的所在。眼睁睁看着自己的孩子们离开，它们会难过？或是会惋惜？或是会默默地流泪？或是早已习惯了这样的轮回，安然地目送那些孩子们离开？我不知道。

穿过橄榄树林，便到达了那家老式的工坊。首先映入我眼帘的是一个巨大的水池，摘下的橄榄果先要在这里经过搅拌和清洗，之后才能够被称重和加工。旁边那个大型的铁制秤就是用来给橄榄果称重的。

在另一间屋子里有一个巨大的碾子，橄榄果们一旦进入了这个碾子，便再无还生的可能。果皮、果肉和果核都在这里被压得粉碎，不分彼此。之后，混作一团的果泥会被送到油水分离机中脱水去油，芳香的橄榄油就这样被提炼出来。

　　如今的工坊中，再也看不见这些古老的设备，取代它们的是各种先进的机器。在震耳欲聋的轰鸣声中，晶莹璀璨的液体一滴一滴地落下，散发出淡淡的清香和诱人的光泽，那光泽那么温暖，令工人们的心中充满了安慰。

　　大地赐给了普罗旺斯橄榄树，也赐给了这里健康。橄榄油中含有丰富的维生素，以及单不饱和脂肪酸。常常食用橄榄油能够降低胆固醇，治疗胃病，帮助消化，对心脏和动脉也有很大的好处。将橄榄油涂在脸上还能够使皮肤得到滋润，使面色更加有光泽，抵抗衰老。所以，橄榄油被人们称为"液体黄金"。

　　在阳光满室的小餐厅里小啜一口橄榄油，缓缓咽下，胃里暖了，心里也暖了。

艺术节·快乐弥漫的小城

漫步在阿尔勒，快乐是随处可感的气氛。

热闹的集市中，主妇们在挑选着家庭一天所需要的食物，几根风味十足的风干香肠，一只打包好的鸽子，一挂大蒜，一袋胡萝卜……她们神情认真地挑选着，谈吐间却轻松至极，我从未想过这样两种神情能够同时呈现在一个人的面容之上。每挑选好一样食物，她们的脸上都会呈现出一种满足，那是对家庭的满足，也是对生活的满足。

当我经过一座小房子时，听到上方有人吆喝着"小心"。抬头一看，房顶上站着两个人，一个正在清扫烟囱，而另一个则正在用一些新的瓦片替换下破损的旧瓦片。那个替换瓦片的人做得很随意，无所谓新瓦片的颜色是否与旧瓦片相同，也无所谓新瓦片的颜色是否与旧瓦片相配。于是我明白了，街道两边的石头房子上铺着的各种颜色的瓦片就是这样来的。

在这里，那种单一的颜色的房顶是不存在的。新旧瓦片交叠在一起，颜色有深有浅，有鲜艳有灰暗，明明是随手而就，却看起来别有一番艺术效果。远远望去，那些彩色的房顶给人一种生动活泼的感觉，仿佛仅仅从这一点上就可以看出这里的人们生活得有多么丰富多彩。

在这样的小城市里，节庆日永远是令人兴奋的事情。每当节庆日到来，城中各个角落都会充满着节日的喜庆，所有居民都会尽情享受着节日带给他们欢乐。阿尔勒的重大节日之一是著名的帕利亚第复活节，复活节之后便是斗牛赛季的开始，大量游客从世界各地涌入阿尔勒，各种纪念品的摊位和小吃摊也纷纷出现，城市里一下子便热闹起来了。

在阿尔勒，另一个吸引了大量游客前来的节庆日便是每年7月到9月举办的阿尔勒国际摄影节。自从1970年这里举办了第一届阿尔勒国际摄影节之后，摄影节便成了全世界摄影爱好者和专业人士们向往的集会，阿尔勒也由此成为了国际摄影之都。

阿尔勒国际摄影节的创办人有三位，其中却只有一位是摄影界的人士——出生在阿尔勒的摄影大师吕西安·克莱格，其他两位则分别来自文学领域和历史学领域。吕西安是法兰西学院第一位摄影家院士，在摄影领域可称得上是一位泰斗，但是他认为，只有其他领域的人才能不受摄影本身的限制，能够换一个角度去看摄影，让阿尔勒国际摄影节成为一个适合世界的摄影节。正因如此，他在每一次挑选艺术总监的时候都选择了其他领域的人。

事实证明他的选择是正确的。阿尔勒摄影节自创办以来，每一年都吸引了上万的摄影爱好者和专业人士前来参加，伴随摄影节一共举办的讲座、交流、幻灯演示、广告等颁奖活动也为摄影节增添了许多的价值和活力，也增加了游客的数量。如今，阿尔勒国际摄影节已经成为了普罗旺斯最著名的节庆之一，也成为了世界上最有影响力的摄影节之一。

摄影并不仅仅是一种欣赏性质的艺术，同时也是一种生活中的艺术，每个人都可以参与，可以欣赏，可以有自己的想法。摄影师们也是普通人，他们不过比普通人多了一些对艺术和美感的捕捉力，才能够在生活中提炼出许多绝美的作品。阿尔勒国际摄影节上展出的作品来自不同类别的摄影师，有些擅长清新的风景摄影，有些擅长温馨的生活摄影，有些擅长概念性的艺术摄影。

摄影节上的作品来自世界各地最好的摄影师和艺术团队，每一张摄影作品中都流露出了与众不同的信息，有真实，有艺术，有空灵，有抽象。这些作品让参观者们对摄影有了新的认识和了解，对摄影师们也有了更多的了解。摄影师们也会亲临现场，为自己的作品进行签售，这对于那些摄影爱好者们来说是一件值得兴奋的事情。他们排着长长的队伍，等待与自己心目中的偶像见上一面，倾诉自己的仰慕之情。

最先出现在摄影节上的是一些美国摄影师的作品，随后，来自各地的优秀摄影作品都出现在这里，这其中还有许多之前未曾公开过的艺术摄影作品。很多专业摄影人士正是为了能够欣赏到这些作品而前来的。

吕西安最初选择在阿尔勒创办摄影节，因为他认为阿尔勒的地理位置决定了它能够成为摄影者的天堂，此外，当地无数的古罗马建筑，以及当地居民那种天生的活力、乐观的生活态度等都是很好的摄影素材。经历了1968年的青年共产主义运动和席卷了整个法国的"五月风暴"之后，吕西安被不断涌现的新生力量所感染，于是决定举办一个前所未有的摄影节。

第一次来到这里参加摄影展的人一定会感觉诧异，在这里竟然寻不到想象中的那种写有展览地点和时间的宣传海报。事实上，此时的阿尔勒本身就已经是一个大型的展览会场，自然不需要更多关于会场指引的海报和标识。

举办展览的场所并没有局限在某一个画廊或某一间艺术馆中,各个博物馆、教堂、梵高中心、画廊、古罗马剧院和废旧厂房等都成了展览的场所,哪怕随意走进一家餐馆,都可能看到里面挂满了参展的作品。

摄影节的开幕式也选在了当地一些老式建筑中,比如第42届的阿尔勒国际摄影节就选择了一家古老的火车修理厂厂房作为开幕式的场地。场地没有经过特别的布置和装修,一切还都是原来的样子,只不过多了一些摄影节历年的海报和吉祥物。

那些古老的建筑本身就是一件件时代的艺术品,当它们的殿堂中弥漫起一股现代化的艺术气息时,它们身上的历史气息不但没有被破坏,反而被融进了一股清新的感觉,整座小城也变得不同了。

背着单反相机的专业摄影人士和摄影爱好者们从世界各地汇集在这里,他们徘徊在街头巷尾,从一间展览室游荡到另一间展览室,在一幅动人作品前驻足,专注地欣赏,然后移动脚步来到下一幅作品的面前。他们的脸上有欣喜,有惊奇,有深思。他们一边观察墙上的作品,一边研究着摄影师采用了哪种特别的拍摄手法,分析着作品的构图、采光、对焦。

一些人的眼神定定地注视着墙上的作品,那样专注,那样沉静,仿佛整个世界中只剩下他和那幅作品;一些人对着作品喃喃自语,像是在反思明明同样的取材,为什么自己不能拍摄出相同的作品;一些人的脸上露出了满意而幸福的神情,我知道,他们一定从作品中领悟到了自己不曾领悟到的摄影真谛。

在这里,他们欣赏到了前所未有的作品,感受到了无与伦比的震撼,也交到了志同道合的朋友。素不相识的两个人,因为一幅作品而相遇,相识,最后成为朋友是摄影节上的寻常事,这其中甚至还有因此相识相恋最后结为夫妻的人。一句无意的感慨,一句深刻的评价,都可能使两个人之间展开一场愉快的关于摄影的谈话。然后，一起坐下来喝杯咖啡，一起去参观其他的作品，留下联系方式，分享彼此的摄影作品。我想，或许这也是吸引越来越多的人来到这里的原因之一吧。他们充满希望地来到这里，不仅希望能够见识到大量优秀作品，结识大量兴趣相投的朋友，也希望收获自己的一份幸福。

街道两侧的小摊上出售着摄影节的吉祥物和纪念品，那些可爱的小东西让女孩子们格外感兴趣，她们在摊前驻足，仔细地挑选，并想着为没有一起前来的好友们挑选一些带回去。有的女孩一手拿起一个，比较许久，还是犹豫不决；有的女孩一边挑选，一边征询身边好友的意见；有的女孩很快就挑中了最喜欢的，干脆利落地付款，然后心满意足地离开。

当阳光渐渐消失在天空的另一端，当深蓝色的天幕覆盖了这座城市，路灯一盏盏点亮，摄影节进入了另一个篇章——"年度之夜"。这是阿尔勒国际摄影节的传统，举办方每年都会选择一个小镇来举办"年度之夜"，让摄影爱好者们的热情得以持续燃烧。

在举办"年度之夜"的小镇，有通宵营业的咖啡馆，有供游人漫游城市的四轮马车，有播放着展览导视的大屏幕，自然也少不了各种各样的摄影作品。在夜色的衬托和灯光的渲染下，那些作品被镀上了一层金色的光晕，透出别样风情。游客们纷纷拿出手中的相机拍下这动人的一刻。

路灯的灯光，餐厅里透出的灯光，闪光灯的灯光，擦亮了黑夜，让黑夜不再冷清。歌手响亮的歌声，乐队激情的奏乐声，人们热情的欢呼声，点燃了激情，让城市不再寂静。在这个弥漫着快乐气氛的小城里，人们的欢笑声久久回荡，温暖了我的心。

PART 04 漫步阿维尼翁
——人住在它这里，它住在人的心里

不一样的圣诞节·被上帝祝福的孩子

法国的东南部，一座小城静静坐落于罗纳河边，这里就是有着"教皇城"之称的阿维尼翁。曾经的皇宫，古老的城墙，神圣的教堂，无一不在向人们诉说着这座城市中曾经历过的一切。由于很多旅客都将这里作为普罗旺斯的第一站，所以这里也被人们称为进入普罗旺斯的大门。

天主教徒都知道教都梵蒂冈，但未必知道法国南部罗纳河畔还有一个阿维尼翁。阿维尼翁城也分为新城区和旧城区两部分。新城区面积比较大，城区中充满现代化的风情，旧城区面积较小，总长近5000米的古老的城墙将它围在中间，像保护着珍宝一般。

果然一切幻美如仙境，我终于来到了传说中法国南部最美的城市，有时一个人旅行坐车的感觉其实是很美妙的，尤其是独自感受某个地方的黄昏或清晨时，那心情就像被天使柔软的翅膀拥抱，就像跟整个世界融合为一体，一起地老天荒。风情万种的阿维尼翁，呈现给世人的是多元的文化，多彩的生活。1309年，罗马教皇克雷芒五世从罗马搬到了这里，整个罗马教廷也随之迁移至此。之后的60多年里，这里先后居住了七任教皇，并且这七任教皇都入了法国的国籍。如今，想要看到那些教皇的辉煌时刻，只能去墙上的油画和历史书籍中寻找了。

在阿维尼翁的城市中央坐落着一座城堡风格的建筑，它便是那七任教皇曾经居住过的地方——教皇宫。当时，它曾是人们心目中的宗教圣殿，里面的摆设也极尽奢华：雄鹿室中绘着一幅雄鹿的壁画，那雄鹿栩栩如生，活灵活现，像是真的一般；教皇寝宫里满是色彩明快的彩绘壁画和彩砖，人情味十足；教皇寝宫隔壁的接见室虽然没有过多华丽的装饰，却透着严谨，那是教皇接见私人来访时使用的；宴会厅里挂着高高的水晶吊灯，桌椅是用上好的木材打造成的，大理石的地面上铺着红毯，透着华贵的气氛。

阿维尼翁是法国一座优雅的文化古城，教皇们曾在这座足足花了30年才建成的建筑里过着奢华安稳的生活。然而，那样的生活并没有永远持续下去，当时间匆匆流过，他们的身体已然成了岁月长河中的一把灰尘。最后剩下的，只有仍然崇高而威严的城堡，由上到下透着一股威武的架势。

曾几何时，人们对这教皇宫只有敬仰之心，虽然满心期盼可以入宫领略一下里面的场景，却是不敢逾越的。然而到了法国大革命时期，这里的神圣彻底被破坏了，里面的摆设和布置几乎全毁，能够带走的被抢夺走了，不能够带走的被砸得粉碎或在烈火中烧成了灰烬，就连曾被称为"最美房间"的雄鹿室也没能逃脱悲惨的命运，墙上的雄鹿壁画如今只剩下一只鹿腿，再也看不出当时的模样了。

战争过后,教皇宫变得萧条而冷清,只有幸存的几幅壁画还在向人们讲述着这里曾经发生过的故事。事后,法国政府曾多次下令对这里进行修复,为它换上明亮的新玻璃,重新粉刷墙壁,铺上彩色的瓷砖和地砖,却无论如何也无法将它恢复原貌。几百年后的今天,当我走在教皇宫空荡荡的大厅里,环顾着那些新旧相承的装饰时,我深深地感到,虽然从外观上看,教皇宫仍然是一座气派非凡的城堡,但是当时的那光环却再也回不来了。

教皇宫所在的位置是阿维尼翁的最高处,站在教皇宫的高处,就可以观望到整个阿维尼翁。我站在窗边,想着当时的那些人是否也站过我今天站过的位置,怀着君临天下的心态审视着自己脚下的这座城市。他们当时可曾预料得到,他们的辉煌也不过是夜空中的一颗流星,轨迹再长也有可能陨落?他们当时可曾预料得到,有一天,这里的奢华会付之一炬,剩下满墙的斑驳?他们又可曾预料得到,当他们从这座城市中消失的几百年之后,人们的生活却简单、和睦而幸福?

除了教皇宫,阿维尼翁还有许多修道院、教堂和礼拜堂,这些建筑都使阿维尼翁成为了一座充满宗教氛围的"圣城"。每逢圣诞节来临前夕,这里的宗教气氛就变得更加浓郁,人们在教堂和礼拜堂中虔诚祷告,教会也会举办一些活动,让人们更好地体验到主的恩赐。

法国的教堂有一项传统,便是在平安夜举办庆祝圣诞的弥撒,阿维尼翁也不例外。弥撒要到夜晚23:30时才会开始,当夜,几乎所有的成年人都会前去参加。

弥撒开始后,第一个环节是营造出耶稣诞生的场景,由一群小孩子来表演耶稣诞生时的故事,这是每个圣诞弥撒都会有的环节。这让我想起中学时有一篇英语课文讲的就是这个内容，还记得课文的第一句是："很久很久以前，有一位男孩名叫耶稣。"当时老师让同学们分小组上前表演，有人扮演玛利亚，有人扮演约瑟夫，有人扮演牧羊人。有一个小组是由一位男同学扮演的玛利亚，他从家里拿来妈妈的头巾披在头上，缓缓地迈着步子，让大家笑个不停。

台上的场景已经布置好了，有硬纸板做的布景和羊圈。布景上方贴着星星，下方贴着草丛。虽然只有一把椅子，大家却都演得很认真，看得很认真。

台上的孩子们也许因为年龄小，表演得不够专业，可是我却感动了。被感动的人不只有我一个，我看到身边有一位老人正在静静地擦拭着眼角，还有许多人的眼中已经开始有感动的光在闪耀。是的，大家都被深深地感动了，为了故事本身而感动，也为了这群孩子的表演而感动。在观众们热烈的掌声中，表演结束了。

接下来的是背诵《圣经》的环节。我并不是一位基督教徒，也不精通法文，所以没办法了解他们所背诵的内容。不过当整间教堂中的人都齐声背诵着相同的内容时，这场景也让我心有了一些触动。

弥撒上，每个人都会分到一块干干硬硬的面包，这面包象征着耶稣的身体，是主的恩赐，人们需要怀着感恩的心将它吃下。面包块是由一种巨大的面包上面切割下来的，这种面包的皮非常坚硬，想要将它切割开需要花费极大的力气，也要花费不少时间，所以教会一般都会在弥撒当天下午请一位体力较好的年轻人负责切割面包的工作，然后由神父将切割好的面包分发给众人。

面包并不好吃，这使我不由得开了小差。我一边咀嚼着坚硬的面包，一边试想若是真的由台上那位满头白发的神父来进行切割会是怎样的情景。用刀应该是不可能的了，也许他会像一位伐木工人一样反复地拉扯着锯子，撒下的面包碎屑引来一些鸟雀，它们安静地吃着，时而好奇地抬头看看这位老人，猜想他在做什么。想到这里，我禁不住想要笑了。

唱圣歌也是弥撒上必不可少的环节。在弥撒开始之前，这些歌唱者排练了许多次，只为了能够在弥撒上将最好的演唱奉献给主。圣歌不只一段，当他们唱完时，我看到身边的许多人又一次被感动了。

弥撒过后，人们陆续离开了教堂，接下来的时间便是全家团圆的时间了。大部分的家庭会去家中最长一位兄弟姐妹的家吃团圆饭，然后互赠礼物。而我这样一个身居异乡的人来说，只能回到旅店过我的平安夜，或者说是圣诞节的清晨。

客厅里洋溢着温馨的灯光，餐桌上摆满了可口的美食，相比于白天的饮食，这时的团圆饭才是最为丰盛和正式的。从前菜到甜品，虽然丰盛，也一如既往地延续了法国料理的精致。饭后的甜点，是每人一条树根蛋糕，这是法国人的习俗，和中国人在过年时吃饺子的习俗是一样的。

在我看来，这种蛋糕的样子并不很像树根，也许是制作手法的关系吧。据说很久以前，有一位男青年爱上了一位姑娘，很想在圣诞夜送她一件像样的圣诞礼物，可是他太贫穷了，就连一件小小的礼物都买不起，最后他只好走进树林，在那里捡了一段树枝送给了姑娘。他怀着忐忑的心将树枝送给姑娘，却没想到姑娘竟然接受了他的礼物，也接受了他的感情，于是他们两人幸福地生活在了一起。后来，人们将蛋糕做成了树根形状，并将吃树根蛋糕作为一项传统，每个人在圣诞节时都要吃，这样在新的一年里就会有好运气，会幸福。

圣诞节是一个新的开始，之前的不愉快、别扭、争执、误会……到了圣诞节就要全部翻过去，将它们抛在过去的搅拌机里，打散，磨碎，最后用水冲走。一切不开心都烟消云散，新的一年里，一切都是新的，也都是快乐的。走在街上，到处能够听到人们向彼此说着"圣诞快乐！"

在这里，圣诞节相当于我们的春节，是最隆重的节日。公司会放假，所有城镇和乡村也都会变得格外热闹。在街上也可以看到一些穿着圣诞服装的人，那些人大多是为了自家店铺招揽生意的。市政厅广场上，石板铺成的小路两旁是一家家圣诞风格的小店，里面有圣诞用品出售，也有可以作为礼物赠送给好友的小东西。

在法国南部，一项特殊的习俗便是在家中摆放一种小小的人偶，在阿维尼翁的市政厅里，就有一处展览是由这样的小人偶构成的：山坡的草地上，牧羊人正手拿一根杆子将小羊们赶回家；一位农妇正在将一些米粒撒在地上，一只小鸡忙着低头啄米；一群孩子正你追我赶地跑下石搭的阶梯；喷泉旁边，一对年轻的男女正在交谈……这处展览将阿维尼翁几百年前的风貌真实地还原了出来。每一个小人偶都做得惟妙惟肖，从表情到动作，无一不凸显出制作者的用心。

转过街角，一棵高大的圣诞树上挂满了小装饰和彩灯，一到夜间，这些彩灯便会点亮整个城市，让城市中充满圣诞节的节庆气息。有多久没有体验过这种过年的气氛了？我记不清了。在我工作的那座城市里，空荡荡的写字楼，贴着福字的大门和对联是仅有的一点"年意"，却并没有丝毫的"年味"。因为年后的工作会格外繁忙，所以每次回家都是匆匆而去，匆匆而回，自然也没有心情去感受年的氛围。想想，我似乎错过了太多比工作更重要的东西了。

给国内的朋友打了电话，问他们圣诞节的安排，无一例外是"加班"、

"吃饭"或"回家",忙碌的生活让人失去了太多享受生活的心情,也让人忘记了工作的真正意义。很庆幸这个圣诞节能够在这里度过,让我也有机会体验一次真正的圣诞节。

松露·神秘的珍奇美味

阿维尼翁周围的山上生长着许多松树，从每年的 12 月到第二年的 3 月，这片树林便是盛产松露的时节。

松露被法国人称作"钻石"，其身价是与鱼子酱、鹅肝酱等高级美食并列，号称美食"三大天王"。新鲜的松露成为让这一地区远负盛名的原因之一。教皇刚刚从罗马迁到这里时，就被松露所征服了，并且要求每周的食谱中都必须有松露。这使松露一度成为了皇家贵族才可以享用的美味。到了 17 世纪，法国人越来越开始注重食用天然食品，于是松露越来越多地出现在贵族们的餐桌上。

第一次从同事口中听说"松露"这个词的时候，我的脑海中第一时间浮现出的是松树上滴下来的那种亮晶晶的松树油。我很好奇她所说的松露巧克力究竟有多美味，因为在我的想象中，或许松露巧克力是靠着松油的清香而使巧克力的口感不那么甜腻。

　　后来我特意上网查了一下，才知道松露巧克力并不是添加了松露的巧克力，会叫这个名字，仅仅因为巧克力的形状与松露相似。我又查了一下关于松露的信息，才发现自己错得有多么离谱。松露虽然与松树有关，却并不是松油的结晶，它其实是一种生长在松树、栎树或橡树下的天然真菌。这种真菌外形比较特别，有些像没有揉好的橡皮泥团，也有些像被挤压过的中药药丸，如果不是亲自品尝过它们的味道，谁也无法相信，这样一团团看上去莫名其妙的东西竟然是人间美味。

　　松露有许多品种，其中白松露和黑松露的味道最为纯正，也因此使无数人为之倾倒。黑松露从外表上看像是一颗颗经过腌制后被晒干的话梅，在成熟之前，松露里面的肉是白色的，成熟之后，里面的肉会转变为褐色，外面的表皮会变成深黑色，并生出一些大理石纹理一般的纹路。

　　松露的大小和季节有关，大的松露能够达到一只拳头那么大，最小的松露却只有一颗花生那么小。成熟后的松露会散发出一种气味，那气味略带潮湿，像被雨水充分浸透的泥土气息；又略带清新，像被雨水洗刷过后的森林气息；还有一些清香，像那些生长在大自然中的干果气息。当这些气息混合在一起时，便形成了一股难以形容的味道，一股迷人的味道。正因为如此，它才能与鹅肝和鱼子酱并列居为世界三大珍味之王。

　　对于那些松露商人们来说，3月一过，他们的松露交易就进入了搁浅期，因为松露是种一年生的菌类，每一年的12月开始成熟，成熟期只有4个月，过了第二年的3月，如果还没有被采摘，它们就会慢慢腐烂，最后消失在树林中。

　　3月一过，再想要吃到新鲜的松露就非常困难了。除非有一些松露商人掌握了秘密的保存方法，并故意存下一些松露，等到不产松露的季节里狠狠地提价赚上一笔，他们才能有机会在其他的季节里品尝到美味的松露。不过这样做需要冒很大的风险，而且至今为止，还没有人研究出让松露长时间不腐烂并且风味不变的方法，所以对于那些极其喜爱松露的人们来说，这4个月是他们最接近幸福的时间。

12月一开始，便陆续有人牵着猎狗或猪进入树林寻找松露的痕迹，这些人被称为"松露猎人"，他们专门负责寻找松露，然后将它们出售给商人或直接拿去卖掉。这些人多数生长在曾经从事过这项工作的家庭里，身上带有一本"秘籍"，那是他们的上一辈留下的关于松露生长地点和时间的详细说明。不过，即使拥有"秘籍"和帮手，也并不是每个人每一次都有足够的好运气。很多时候，他们在树林中行走了一天，却只寻到一颗花生一般大小的松露，甚至空手而归。更多的时候，让猎狗停下来的并不是松露，而是一个兔子洞或是其他松露寻找者遗失在林中的物品。而让猪停下来的，有时只是一些适合它口味的其他植物。

带着无限好奇，我满心欢喜地向法国南部进发，开始第一次采摘松露之旅。总感觉采松露就像美食家的朝圣之旅，一定有很多考究程序。在梅尔的书中读到过当地人用猪来寻找松露的情节，所以我在这里看到传说中的"松露猎人"们时没有感到惊讶。看着他们牵着猪一次又一次进入树林中，一次又一次一无所获，却没有一丝气馁，我不禁从心里佩服他们的执着。后来我才知道，对于他们来说，寻找的过程虽然辛苦，但是由于松露的市场价实在太好了，所以，哪怕极小的一颗松露都足以让他们兴奋上好半天。

听说"松露猎人"们选用的猪一般都是母猪，这是因为松露散发的味道和公猪身上发出的味道相似，会使母猪极力向它们奔过去。一想到世界顶级的美味竟然与一头猪散发出的气味相似，我不免感到有些倒胃口，所以我宁愿相信其他那些优美的描述，以此来化解心中的那些失望。

很多用来寻找松露的猪都是经过训练的猪，因为它们的破坏力和遇到美味时的行动力实在大得惊人，如果不加以训练，它们会在找到松露的第一时间将松露吞进肚子里，这样一来，人们的努力就都白白浪费了。不过就算经过了专门的训练，这些猪们还是改不掉贪吃的毛病，所以"松露猎人"们必须准确掌握好猪的反应，在它们刚刚发现松露时及时制止它们继续翻下去，这样才能保护好不容易找到的松露不被猪吃掉。

人们常说，有些东西之所以昂贵，并不完全取决于它的质量或特别，而是因为它的稀少。导致松露价格昂贵还有一个重要原因，便是它们的稀有性。松露对生长环境敏感到了挑剔的地步，水分多一点不行，少一点也不行，温度太高不行，太低也不行。同一片树林中，即使是相邻的两棵树下都不见得能够同时有松露生长，更不要说经由人工种植了。

美食家的圣洁之旅是从污浊的泥土开始的——松露生长其中，埋藏在1520厘米乃至更深的土壤里。漫长的生长周期，无法进行人工培育的局限，训练猪或者猎犬的辛苦，需要花费大量时间和精力穿梭在树林中并翻动泥土才能找到的过程，都足以使松露的身价倍增，更不要说它本身就少得可怜的出产量。黑松露有没有成熟，人们看不出来，只有嗅觉非凡的狗和猪才能"闻香识松露"。通常一公斤松露可以卖到1500欧元，在食品领域，这无疑是天价。如果某一年的松露产量骤减，价格还可能更高。可即使如此，仍然有许多人会争相购买，每一批松露都是刚一开始出售就被抢购一空。

想要买到松露，就需要去一家专门进行松露交易的市场。一走进市场，就可以看到许多正在进行松露交易的人们。不过令人感到奇怪的是，这些人的身边并没有摆着松露的摊子，只能看到一些人在交头接耳地谈论，却看不到真正的交易。所有的人看起来都神神秘秘的样子。不知是因为我看起来并不像能够购买松露的人，还是这里的习惯便是如此，没有人主动上前推销，都是顾客主动向松露商人询问松露的价格和质量。

听说想要辨别松露质量的好坏，最重要的方法是用鼻子闻，所以人们在验收松露的时候都会把头伸进放有松露的篮子里，或拿起一颗松露放到鼻子下面用力地闻一番。我很想知道在没有摊位的市场里，人们是如何进行交易的，很可惜他们进行得太过于隐蔽，我没办法看到。

从事松露交易的人往往会偷梁换柱，以次充好，短斤少两更是寻家常便饭。为了增加利润，他们想出了许多办法，比如梅尔在《永远的普罗旺斯》一书提及的向松露里塞金属物，在松露外面裹泥巴等。梅尔所生活的那个时代离现在已经有些年头了，松露商人们的方式也多少有了一些改变，但是不曾改变的是，他们仍然会让松露外面多保留一些泥巴，以增加松露的重量。可想而知，让这样一群人遵守商业道德，是完全不可能的。

正因为松露交易这一行中存在着太多欺骗，所以松露商人在进行交易的时候都抱有极强的警惕心，他们不相信纸上写的数字，也不相信口中说的"实情"，甚至不相信秤上的指数，毕竟那重量之中是含有水分的。松露质量的好坏，并不是完全以大小而定，而是颜色越深、气味越香品质越好，价格也越昂贵。

作为一名松露商人，无论出售的松露有多少，他们都更喜欢现金交易，因为只有实实在在将钞票握在手中，他们才能相信对方的诚意。

有人说，越是美味的东西在吃的时候越要减少人工的烹饪，否则会使它失去那种天然的香气和口感。关于松露的吃法，在这里流传着一种最简单的方法，即将松露切成薄片，或整个放在刚出锅的菜肴上，这样既能保持它原有的味道，又能使菜肴沾染上松露的香气。还有一种吃法也很平常，把切成薄片的松露放在涂有黄油的烤面包片上，在吃之前撒一点点盐即可。

如果想要吃复杂一些的松露料理，最好还是去正规的餐馆里品尝，这样才能保证自己所品尝到的松露是最正宗最纯粹的。在阿维尼翁，有很多地方都可以吃到正宗的松露料理，当然价格也不菲。听说一家非常有名的松露餐厅里，一顿完全由松露菜肴组成的四人餐需要花费800多欧元。而在那些小一点的店里，虽然能吃到相对便宜一些的松露料理，但也只是相对于其他地方要便宜些，实际的价格还是比较昂贵的。

要知道一颗法国黑松露好不好，你的鼻子不会对你说谎，销魂香味无法抵挡，隔很远都可以嗅到，只要你闻过就一定会记得。晚上，我在一家小店里点了一份松露兔肉，说不清是什么感觉，体会着这来自天堂的味道，口感确实不错。它的味道里似乎蕴含了很多种美食的鲜香，但仔细品味，又什么都不像，它只是它自己，独一无二的味道。

葡萄酒·舌尖上阳光的味道

浪漫的地方总是离不开酒的，在法国这样一个充满浪漫气息的国度里，酒自然也是人们生活中不可缺少的东西。虽然茴香酒曾在法国轰动一时，并成为了各家酒吧中不可能缺少的酒，但若问起法国最为著名的酒是哪种酒，再没有哪一种酒的名字比葡萄酒更能够得到全世界的认可了。

说起葡萄酒，人们自然而然就会想起那令人陶醉的味道。若是用爱情来比喻那些葡萄酒，偏甜的，像年轻情侣之间的浓情蜜意；偏酸的，像初恋时小小的别扭和争吵；味道醇厚的，像同甘共苦过后沉淀下来的深刻；味道清淡的，像初涉爱河时那种欲说还休的娇羞。

喜欢品尝葡萄酒的味道，也喜欢看葡萄酒倒入玻璃杯的感觉。那过程像是一出唤醒我内心的默剧，让我的灵魂深处总会不由得产生一些错觉和遐想。

取一只透明的玻璃杯，放两颗晶莹剔透的冰块，看冰块在杯底安静地停留。透过冰块看这个世界，世界也仿佛被冰冻住了一般，安静得没有一丝气息，没有一丝温度。启一瓶葡萄酒，将它缓缓倒入杯中一些，那冰块便忽然有了生机。葡萄酒跌入杯中发出的声音敲醒了它们沉睡的心，它们缓缓地跳跃，轻轻地移动，然后又一次静止了。深红色的液体向上托着它们，它们悬浮在醉人的液体里。然后，它们的世界就有了色彩。

在法国，葡萄酒有着不一般的地位。法国人对葡萄酒的重视程度，从法国政府专门针对葡萄酒的级别分类制定了法律标准这一点就可以看出来。法国葡萄酒一共有四个级别，其中，最高的级别为"法定产区葡萄酒"，也就是经过了"原产地命名控制认证"（即"AOC认证"）的葡萄酒。此外，其他三个级别的葡萄酒都属于餐酒，分别是优良地区餐酒、地区餐酒和日常餐酒。

法国政府制定这条法规是为了保护当地葡萄酒的正宗性，以防止有其他地区生产的葡萄酒假冒法国葡萄酒进行出售。能够通过这条认证的法国葡萄酒都具有最好的品质和口感，它们的酿制过程也格外严格，从种植、修剪、采摘到酿制，每一个环节都经过严格的把关，这才使得法国的葡萄酒能够在全世界得到认可。

阿维尼翁位于罗纳河谷山坡地，这里盛产的是口感圆润的红葡萄酒和天然甜味的白葡萄酒，多由歌海娜葡萄、希哈葡萄和麝香葡萄等酿制而成。这里也是地区餐酒的盛产地，每年法国市场上出售的大部分地区餐酒都产自这里。

在法国，大约有三分之二的土地上都种着葡萄，这其中一大部分都属于不同的葡萄酒庄。法国的葡萄酒世界闻名，法国的葡萄酒庄也不容小觑，很多酒庄都有成百上千年的历史。如今，这些酒庄已经成为法国葡萄酒的金字招牌，它们让法国成为了全世界拥有知名葡萄酒品牌最多的国家。

酒庄一词在法语中原指法国封建时代的城堡、别墅或庄园，后来演变为酒庄。可见，法国的酒庄和别墅庄园有着密切的联系。阿维尼翁向北行驶20公里左右会看到一座气派的别墅，这里就是教皇新堡，是许多年前教皇在夏季居住的别墅，一如我们古代皇帝的行宫。据说，当时别墅的附近有一大片葡萄园，葡萄园中种植了各种各样的葡萄，为了避免吃不完的葡萄腐坏，人们将这些葡萄采摘下来，混合在一起酿制成了葡萄酒，没想到口感竟然出奇地好，不但具有绵甜的口感，喝起来还有一股阳光的味道。由于这种葡萄酒是用教皇新堡附近生长的葡萄酿制的，所以这种葡萄酒被命名为"教皇新堡"葡萄酒。

"教皇新堡"葡萄酒的味道比较特别，这自然是受到了当地得天独厚的地理位置的影响。太阳升起时，绿绿的葡萄藤伸着懒腰，将一颗颗沉睡的葡萄唤醒。阳光下，葡萄们露出活泼喜悦的面容，用闪亮的眼睛看着这个世界。它们圆润有光泽的脸蛋在阳光下闪闪发光，无比兴奋，无比生动。矮矮的葡萄架上，那深深的紫色变得更加有韵味，远远望去像是一大片紫宝石镶嵌的画框，那浅浅的绿色变得更加剔透，像极了绿色的天然水晶。

每一颗葡萄都是那样美好而纯真，它们和这里的人一样，阳光、乐观、积极，热爱生活，用这样的葡萄酿出来的葡萄酒味道自然会给人以阳光的味道。更何况，这种葡萄酒选用的葡萄并不止一种，不同性格特征的葡萄融合在一起，味道自然会更加醇厚，令人回味无穷。如今，"教皇新堡"葡萄酒已经成为了罗纳河谷山坡地区最为著名的一种葡萄酒，也成为了教皇新堡的代名词。人们一提到教皇新堡，就会马上想到那味道，并陶醉其中。

这里另一种代表性的葡萄酒叫吉恭达斯葡萄酒，它产于教皇新堡的东北部，罗纳河谷山坡地的南部。刚听说这种酒的名字时，我一下子想到了哈根达斯，不过这两者之间一点关系都没有。这种酒最特别之处是它的香味持久，余味悠长，只要喝上一口，那味道就会在口中存留很长时间，哪怕之后去吃其他的东西，仍能感觉到香味在口中萦绕。

美国作家威廉·杨格曾说："当一串葡萄安静地悬挂在藤上时，它美丽、静止、纯洁，却只是一种水果；而当它经过压榨之后，成为了葡萄酒之后，它就拥有了如同动物一般的生命。"在很多的法国作品中，我们都能读到这样的描写，一个人在闲暇时，独自坐在桌子前，斟一杯葡萄酒，然后慢慢地品尝。这也是许多法国人都会做的事情，他们喜欢这样静静地品酒，静静地享受，就好像静静地品味人生一样。

对于法国人来说，葡萄酒并不仅仅是一种饮品，它也是一种文化，所以他们会在酿制葡萄酒的过程中投入最大的热忱和最精心的劳动。这种精细的工作态度是使法国葡萄酒成为世界上最著名的葡萄酒的原因之一。

种植葡萄的时候，他们会小心地为葡萄修剪嫩枝，根据不同品种的葡萄对阳光的水分的需求进行调整。对法国人来说，葡萄是一种上天的恩赐，培育的方式越接近于天然，酿成的酒味道就会越纯粹，所以在葡萄成长的过程中，他们会尽可能少施肥，少浇水。

在过去，修剪和采摘都要靠人力。人们会用尖尖的小铲除去葡萄秧附近的杂草，然后小心翼翼地将葡萄秧附近的土壤弄得松软舒适；用类似鲸尾形状的刮刀整理葡萄秧苗，使秧苗变得平整；用带有长长手柄的剪刀剪下一串串葡萄，让葡萄跌入篮子里。现在，许多葡萄园中的这些人工作业已经被机械作业所代替了，一排排金属架林立在葡萄园中，好像一名名守护葡萄园的卫士。

酿制葡萄酒的时候，他们会时刻留意酒精的浓度，发酵的温度；葡萄酒酿制好以后，他们还要时刻关心酒的保存。每一家酒庄都有自己的酒窖，酒窖里温度和湿度的变化都会对酒产生影响，所以从事酿酒的人总要格外小心和谨慎。

红葡萄酒也被称为红酒，法国的红葡萄酒也常常被人们称为"法国红酒"。红酒一般要在出产一年之后才可以饮用。用来盛红酒的杯子是郁金香形状的高脚杯，这种杯的杯身容量比较大，杯口却相对小一些，用这样的杯子盛装葡萄酒，只要轻轻晃动杯子，就可以将酒的香气集中在杯口处，而且杯中的酒不会溅出来。品酒时，如果手指碰到杯身，手的温度就会通过杯身传给酒，从而影响酒的温度，细长的高脚恰好能够避免这一点，让持杯者的手与杯身始终保持一定的距离。

国际佳酿和美食协会创始人安德烈·西蒙曾经说："红酒的出现可以使每一张餐桌变得更加优雅，使人们生活的每一天变得更加文明。"红酒是法国人餐桌上的常客，人们在品红酒前都会先将酒倒入高脚杯中，欣赏红酒的色泽，然后捏着杯脚轻轻地顺时针晃动杯子，一边欣赏酒的飘逸，一边让酒与空气充分接触，散发出沁人的香气。将杯子端到鼻子下前方的位置，深深吸一口气，让酒香钻入鼻孔，再扩散到整个身体中。最后，才会小小地啜一口含在口中，让整个舌头浸泡在酒中，感受酒的甘甜或酸涩。

用来与红酒搭配的菜非常有讲究，清淡型的红酒要搭配清淡的菜肴，如清蒸的海鲜、蔬菜沙拉、刺身等，浓郁型的红酒要搭配味道重一点的菜肴，如牛扒、烤乳鸽、熏肉等。

想要让红酒更好地发挥出它的魅力，有时也需要一点人为的帮助，比如在火热的天气里，一杯加了冰块的葡萄酒能够给人以清凉舒适的感觉，能够给人惬意的心情。

此外，玫瑰红葡萄酒和白葡萄酒都属于比较清凉的葡萄酒，喝了之后口中会感到很舒适，很解渴，非常适合在夏天饮用；干白葡萄酒与海鲜进行搭配，味道非常可口；白葡萄酒需要在低温下饮用，所以一般都放在冰桶里，每次倒出少量的酒，以避免温度变高破坏口感和味道；香槟酒在倒入杯中时，那不断上升的气泡是它的亮点之一。金黄色的气泡缓缓上升的过程中，人的心也随之浮了起来。所以，品这种酒时需要使用杯身长一些的酒杯。

葡萄酒在希腊神话中代表着一件意外收获，它是"酒神"在悼念亡友时得到的。"酒神"将葡萄酒赠给人类，并教会了人类种植葡萄和酿造葡萄酒的方法，于是人间便有了美味的葡萄酒，也有了用来感激"酒神"的各种庆典。在众多庆典的方式中，"戏剧"诞生了，盛产葡萄酒的阿维尼翁也成为了戏剧的天堂。每一年的戏剧节上，人们唱歌、跳舞、表演，喝酒自然也是必不可少的。美酒激发了人们的艺术天赋，他们沉醉在了酒中，也沉醉在了艺术里。

随着葡萄酒出现在越来越多的场合上，它的意义也越发地广泛。宴会上的葡萄酒诠释着优雅和高贵，婚礼上的葡萄酒洋溢着幸福和美满，聚会上的葡萄酒传递着热情和欢乐。当人们手中举起一杯葡萄酒时，那阳光透过酒杯和杯中的美酒照在人们脸上，于是人们的脸上映出了光辉。当人们饮下这杯美酒时，人们的心中便也充满了阳光。

游泳池里的青苔·不可说，不可说

尘在外，心在内。行走在阡陌红尘里，如一缕清风，留下阵阵余香。

石灰岩围绕的小村里，一潭如翡翠一般的池子映入我的眼帘。那绿让人瞬间恍惚，仿佛置身于仙境。幽幽绿绿的青苔依偎在池底的岩石上，温顺而安静。它们不言不语，不张扬，不浮夸，只会用不断扩张的面积向岩石表达着自己的爱意。古老的水车仍然欢快地转动着，只是此时的转动只为自由，不为其他。

我们需要放飞心灵，让心翱翔在自由的天空。这里是位于阿维尼翁东北部的一个小村——碧泉村，也叫水车村或泉水村。这里有许多泉水池，泉水甘甜清凉，可以直接饮用。那架水车在 16 世纪时曾属于一家造纸工厂，用来推动磨坊进行造纸，不过自从造纸厂关闭后，水车也就失去了使用价值，如今仅作为一件大型古董供人们欣赏。河岸附近旧工厂被改造成为参观的地方，里面有一个纸张展厅和一个小车间，我在纸张展厅中看到了许多种类的纸张，并在小车间里看到了利用水车造纸的全过程。

　　碧泉村因这里的泉水颜色而得名，虽然这颜色并不属于泉水本身，而是来自于水中那些娇小可人的青苔。在它们的影响下，这里的泉水会随着阳光的变化呈现出不同的颜色，或翠绿，或天蓝，或紫蓝，每一种颜色都散发着自然的光辉，美得妙不可言，让人赏心悦目。微风拂过湖面，微微荡起的波纹十分撩人。

　　这里是索尔格河的源头。冬季的雨水不断流到这里，越积越多。在雨水的侵蚀下，周围的石灰岩变得招架不住地下水的力量，一直深居在地面300多米以下的地下水不断以极快的速度向上涌出地面，索尔格河由此而形成。穿过倒映着树影的河道，穿过村口的双孔老桥，索尔格河就从这里告别了这小小的村子，流向法国最大的涌泉。

　　河的两岸有不少咖啡馆，餐馆和艺术品店，想必因为来这里参观的人大多都是游客的原因吧。在一家艺术品店的门口，我竟然看到了串成一串的枫叶，仔细看了一下，才发现那不过是画在墙上的叶子，而那些立体效果的树枝其实是一段挂在屋檐下的电线，富有创造力的店主将它涂成了红色，又在旁边画了枫叶，使原本突兀的电线与房子巧妙地融为一体，看起来就像立体画一般。

　　河边生长着高人的梧桐树，大大的树叶阻挡了大部分的阳光，只漏下几丝细细的光线落在地面和河面上。夏日的炎热完全被阻隔在了外面，在这样一片凉爽的氛围中喝一杯用泉水煮的咖啡，别有一番风味。

　　走陌生的路，看陌生的人，赏不同的景，开心时冲人笑笑，不想说话时，低头继续前行。这里会让你忘记时间，如果不想喝咖啡，也可以点一瓶啤酒，小坐一会儿，看欢快奔腾而去的河流，看身边来往的行人。时而能够看到一些飞一般奔跑而过的年轻人，时而能够看到一些拄着拐杖慢慢行走的老年人，那一幕幕场景就好像看电影一般。水车快速转动着，像不断前推的时间。人的样貌在改变，年龄在增加，行动在变缓，不变的只有那河流，永远不知疲惫似的一路奔跑，永不停息。

一个爬满藤蔓的小棚子吸引了我的视线，我走上前，发现这是一家卖冷饮的小店。买了一份用这里的泉水做的刨冰，价格不便宜，不过味道确实相当好。贴心的店主还在棚子上安了一些喷雾的小装置，行人如果走累了，走热了，坐在这里吃一份刨冰，在喷雾器附近降降温，那真是一种享受。旅行，其实是需要具有一些流浪精神的，这种精神使人能在旅行中和大自然更加接近，悠然享受和大自然融合之乐。一位发丝洁白的老人正微笑着坐在那喷雾器附近，一双慈祥的眼睛透过鼻梁上的眼镜望着远方正在玩耍的孩子们，目光温柔，不知他是否想起了自己的童年。

右侧清澈的河道像一个天然的公共游泳池，一些年轻人在里面自由地游泳，年纪小一些的孩子们却只能站在岸边，满眼羡慕地看着在那些水中畅游的人。"我要快一点长大，这样就可以和哥哥一样下河游泳了。"一个法国小男孩用稚气的声音说道。听到他这样说，我笑了，小孩子总在羡慕成年人，希望自己快一些长大，而成年人却在羡慕小孩子，希望自己可以不要那么快衰老。在孩子的眼中，成年人很了不起，可以做很多事，而只有当他们长大后才会发现，成年人的烦恼远远超出他们的想象。

河水很清澈，却也不乏青苔的装点。毕竟在这里，青苔是一种随处可见的生物。它们卑微，却充满朝气，胆怯，却心存希望。它们与现代化的一切无关，所以它们只会生长在那些泥土和石砾之上，而不会去碰触那冰冷坚硬的金属。

清澈的河水中，一片片碧绿的青苔静静地生长着，在河水的滋润下，它们越发生长得娇艳欲滴。一开始是小小的几点绿，然后渐渐蔓延，渐渐布满整块岩石，将岩石装点成了一大块碧玉。这一切，都是因为爱。它们爱上这样的地方，也爱上这样的方式，它们默不作声，却固执而霸道地布满岩石的表面，将岩石包裹在它的爱里。它们不停地遇见，不停地思考，不停地流逝自己的思想，不停地更新自己的记忆。

因为在意，所以才会格外小心翼翼，小心翼翼地爬上，小心翼翼地侵略，小心翼翼地占有，小心翼翼地扩张。和许多在爱中盲目了的女子一般，因为在意，于是谨慎，于是敏感，于是胆怯，却越来越不知如何是好，只能去做一些傻傻的事情。青苔傻傻地，就这样努力地生长，努力地包裹，努力地扩张自己的势力范围，而那势力其实是那样微小，即使再扩张几十倍，也难以真正产生什么效果。

时间流逝着，青苔越来越厚，将岩石包裹得越来越牢，除了接近池底的那面，青苔不懈地努力，它们想要更多地占有，更多地拥抱，因为孤独，因为寂寞，因为需要安全感。它们依恋岩石，因为岩石给了它们安定，给了它们家的感觉。那是一种人类难以理解的感情，而那岩石，却仿佛懂得了，竟然默默地接受了它们的爱。

安心的感觉，温柔的拥抱，这样的爱，可不是恰好的？

温柔而体贴的青苔也读懂了水车心中的落寞，于是悄悄地爬了上去，用柔软的身体贴着水车的身体，用微弱的体温让水车浸泡着的身体不会太冰冷。水车也懂得了它们的体贴，于是它的心也不再寂寞了。

青苔曾赋予许多古代诗人以灵感，令他们写出意境悠远的诗句：王维的"返景入深林，复照青苔上"；袁枚的"苔花如米小，也学牡丹开"；叶绍翁的"应怜屐齿印苍苔，小扣柴扉久不开"……它们娇小可爱，平凡脱俗，美得天然。它们永远那样轻悄，那样谨慎，那样低调，那样固执。它们不会开花，不会结果，没有芬芳，谁也改变不了它们。

很久很久以前，彼得拉克曾为了心爱的女子居住在碧泉村，他对她的那份心思一如青苔般固执而坚持，也一如青苔般小心翼翼。在这里，有他对心爱之人的追思，也有他的终生遗憾。

1327年，被称为"人文主义之父"的意大利诗人彼得拉克在教堂里欣赏演出时，深深地爱上了演出者劳拉。才华横溢的年轻人爱上妩媚动人的女子，本可以追求、相爱，然后传为一段佳话，但很可惜，当时的劳拉早已嫁为人妇，彼得拉克和她不可能在一起。彼得拉克深知这一点，然而他却无论如何也放不下这位少妇，随着时间的流逝，他的爱不但没有丝毫的褪减，反而日益增加。这种心情让他饱受煎熬，于是他只得将这份感情通过自己的作品表达出来。

彼得拉克的感情，劳拉并不知道，她甚至从未见过这位年轻人。也许她听说过彼得拉克的名字，甚至读过他写给她的诗，可她从来都不会知道那些诗是写给自己的。1348年，劳拉去世了，从此她再也没有机会得知，在这个世界上，有一个人明明知道她已经是别人的妻子，却仍然无可救药地爱着她。

劳拉的去世对彼得拉克而言是巨大的打击。他在《爱的忠诚》一诗中写道："无论疾病或健康，快乐或忧伤，我永远属于她；尽管这是不可能的事，但，能够这样想着，我便已然满足了。"

从初见劳拉到劳拉离世整整21年，这21年中，彼得拉克从来没有断过一丝对劳拉的爱，可即使爱得再疯狂，再强烈，彼得拉克也从未介入过劳拉的生活，更不曾让她知道，他只是默默地关注着劳拉，然后在心底一遍又一遍地呐喊着对她的爱恋和绝望。他很希望自己能够自由地控制自己的欲望，也很清楚自己的感情得不到结果，却总是无能为力。

如今，彼得拉克也已经去世了七百多年，留在世上的只有他的那些作品，这里的人们为他建的纪念堂，和人们口中传颂的关于他的爱情故事。把红尘俗世都看透，繁华如梦亦如烟皆是浮云一片，留下苍凉驻心间，唯有看淡，再看淡。我去看了他的纪念馆，那是用他曾居住过的三层小楼改建而成的，里面挂着他的诗作和画作。在专人打理下，园子里的植物仍然健康地生长着，只是少了它们曾经的主人，它们会不会也感到一些想念呢？

青苔是时间的象征，是年华的痕迹，从最初渺小至极、无人关注，到最后铺天盖地令人瞠目，需要很长的时间。在这时间里，没人留意它的存在，没人照料它的生活，没人支持它的决定。它静默地生长着，没有丝毫报怨地生长着。直到它凭着自己的努力扩大成为一大片，人们才发现它竟然能够创造出如此壮观的景象，才会为之折服和赞叹。

在人生长河里艰辛泅渡，终会有到不了岸的苦楚，唯有自己将自己救赎。绿色是生机的色彩，也是一种极为淳朴的色彩，它来自大自然，代表着最纯粹、最自然的生机，释放着最活泼、最清新的气息。在中国南方的许多小镇中，翠绿的青苔已经成为了人们生活中最常见的植物。那青苔没有密密层层地包围，它们在镇中零星地居住着，有些挤进了古老的石阶之间，有些依附在潮湿的墙壁之上，有些躲藏在青黑色的瓦片之间，有些挤在幽深的古井边缘。它们像一个个羞怯的精灵，在小镇中每个可能生存的地方落脚，并恰到好处地将整个小镇点缀得格外清丽动人。

每天的阳光都是那么暖，天依旧那么澄亮，身边来来往往的人都是一脸安详。这座小小的村子也因为青苔的存在而变得生动万分，有谁能够想象，这样安静祥和的小村子里曾经有过那么多的悲伤，有过那样郁郁无终的爱情，甚至发生过残酷的战争？在历史的激流中，看过悲欢离合，看过生离死别，那些青苔却一如既往的淡定，一如既往的安静，村子中的人或许也是受到了它们的影响，才会一直平静地充满希望地生活下去吧。

　　闭上眼睛，思绪纷飞，心儿也跟着飞了起来。道不出太多的理由，更多的是一种美好的心情。

村落·泥土开出彼岸花

在普罗旺斯，村庄往往比城市更加诱人，小小的村庄沿着山坡修建而成，在山崖上勾勒出一块又一块独特风貌，与城市的繁华遥相呼应，村庄更像是一个小家碧玉的姑娘，不张扬，却又略带一点风情。

在所有小村落里，梅纳村可谓是最著名的小村落。它是梅尔当年居住的小村，一提到它，所有人都会在第一时间想到梅尔的著作《永远的普罗旺斯》，想到梅尔在里面所描绘的天然优美的田园风光，悠然自得的生活方式，性格各异的邻里朋友，热闹非凡的狗狗大赛。

梅尔写这本书时，只是想记录一下自己在这里的生活，抒发一下心中的幸福之情，可是没想到随着书越来越畅销，前来拜访他的人越来越多，即使只是来这里旅行的人们，也会特意找到他那所小房子，好奇地打探他的生活是否真的如同书中所写的那么惬意。

平静的生活一去不复返，几乎每日都会响起的敲门声让他不得不全家搬离了这里，从此，这个村子上再也没有一位被称为"普罗旺斯梅纳村英国虾"的老人。

幸好，陆续前来的游客们并没有破坏这座小村落的原始风貌。村上的人也并没有因为旅客的增加而添置任何刻意的建筑或摆设。游荡在村子里，看不到闪着霓虹灯的告示板，看不到印成小册子出售的观光指南，看不到任何取景收费的标志，看不到打着各种旗号漫天要价的旅店，也看不到琳琅满目的与这里相关的纪念品商店。那份原始的古朴还在，一切都还是很久以前的样子。

梅纳村是一座著名的"鸟巢村"，顾名思义，这里是一个能够让人内心安适的地方，就像鸟儿的巢一样，虽然简陋，不及外面的花花世界丰富多彩，不及途中遇到的豪宅那么温暖舒适，却是鸟儿们最为眷恋的地方，也是它们终会回去的地方。

静静地沐浴在朝阳的晨曦中，呼吸着最原始的空气，享受着大自然最美的时刻，静谧中仿佛置身于仙境一般，可以忘却尘世间的一切烦恼。

不仅这里的人不愿意离开，有许多来这里旅行的人也被这里的氛围所吸引，迟迟舍不得离去，还有一些人甚至像梅尔一样在这里住了下来。我在这里遇到一对夫妻，他们原本生活在大城市，有着各自的工作，数年前，他们来这里旅行，看到这里的景色，感受到这里的安然，便再也不想离开了。最后，他们商量好，一起辞掉了工作，在这里开了一家旅店，接待来往的游客。他们开旅店的目的只是为了维持生活，并不是为了赚取多大的利润，所以住宿的价格并不贵。对每个入住的人，他们都非常热情，那热情中不掺杂任何利益的因素，仅仅是一种发自内心的热情。

除了梅纳村，还有许多村子都属于"鸟巢村"，它们共同的特点就是能够让漂泊在外的人们心生安定，想要永远生活在这里。由于起初修建的目的是为了躲避乱世，所以这些小村子都不约而同地呈现出一种世外桃源的感觉。人的灵魂总是在天空，登得越高离自己的灵魂也就越近。

勾德禾位于沃克吕兹高原的尽头，它的周围是建于罗马时代的古老城墙，村落就静静地安睡在那坚实的城墙之内。远远望去，勾德禾就像一座浮在半空中的城堡，这场景让我想起宫崎骏大师笔下的《天空之城》。

这里所有的房子都由石头砌成，房子沿着山路的走势渐渐升高，层层叠叠。穿过厚重感十足的门廊时，能够感受到一股十足的文艺复兴风。在这样的小村庄里，汽车成了一种累赘，因为即使走遍整个村庄也不过30分钟左右。这里的街道是铺着石板的山路，一条小路沿着山坡蜿蜒而上，很快便到了尽头。

中世纪时期，这里开始有了法国人的身影。那是一群处于逃难过程中的法国人，他们在寻找容身之处时无意发现了这里，之后便定居在了这里。这里的地势让他们躲过了外面的追赶和混乱，从此过起了与世无争的生活。

在不同的环境之中，不同的人获得的是不同的感受。一进入勾德禾，一股亲切的感觉迎面而来。这里的居民对人非常友好，他们会热情地向游人打招呼，就像招呼久违的亲戚朋友一样。或许因为这里实在太小，或许因为这里的人非常热情友善，在这座村落中，无论走到哪里，白天或是黑夜，我的心中都不会产生丝毫不安，不会有独自走在一座陌生大都市街头的心慌。任何美好的感受都有一个基础，首先你得有着一颗美好的心灵，在拥有这心灵的同时，你该懂得去认真地体会感受，以及归纳总结。

相比于大城市中人们对汽车的紧张程度,这里的人们对汽车的态度显得有些漫不经心。家中有汽车的居民通常会将车子停在门口,或是一处宽敞又不会阻挡人们行走的地方,不会特别在意,也不会有人给汽车蒙上各种各样的罩子。没有人担心车子放在外面会被划伤,因为那是不可能的事情,即使再调皮的孩子也知道不可以这样做。

人们也不必担心自己的车会被其他的车辆划伤,由于村落较小,步行便可以逛完整个村落,所以很少有人开着汽车在村落里转来转去。事实上,想要在村落中开着车闲逛,远远不如步行更方便。万一两辆汽车不巧在那些狭窄的小巷中相遇,便只有一方小心翼翼地将车倒出小巷,让另一方通过后方能继续前行。

有人说,只要你去了普罗旺斯,就不会想离开。因为那里,有你想要的东西。勾德禾更是吸引着很多具有艺术气息的人,现在也常常可以看见法国年轻人在这里默默写生。这座遗世之城对艺术家们产生的吸引力绝不是偶然的景象。俄国浪漫主义画家夏加尔曾在这里居住,将自己旧时的草稿加以重新创作和润色。对于他来说,这里是让他灵感迸发的神奇之地,正是在这座与世隔绝的小村落里,他的绘画达到了一个新的境界。

太阳升起时,一片红色出现在绿色的高原之上,仔细看去,那是一座座小小的房子,它们堆积在山上,远远望去好像一块淋上了红色果酱的沙冰。待阳光渐渐变得柔和而明亮,我才发现那片红色并不是被阳光染成的,而是房子本身的颜色,天然的赭红色。

这里是鲁西庸,是被称为"沃克吕兹高原上的红"的鲁西庸,也是当选了"法国100个最美丽的小村庄"之一的鲁西庸。鲁西庸位于吕贝隆山和冯杜山之间，沃克吕兹高原的最南端，"鲁西庸"一词在拉丁语中代表"红色的山"，这和它的外在形象非常相符，它的名字就是因此而来的。

赭红色是一种热烈的色彩，常被拿来绘制栏杆等物。这里的赭红色来自于满山的赭矿石。自从18世纪末，人们从赭矿石中提取出赭石色，并用其与红色调和制作出第一批赭红色的颜料以来，这里便成为了赭红色颜料的重要产地。村中有一条通往古老的颜料制作工厂的"赭色小径"，小径的沿途可以看到许多形状怪异的石柱群，它们长年累月地矗立在那里，被风化成了一道奇特的景观。如今，制作工厂已经成为了一个小型博物馆，我在那里看到了数百年前的人们是如何发现这些赭石，又是如何从中提取出赭石颜料的全过程。

如今的鲁西庸再也不是多年前那个封闭的山村，在这里，与人们日常生活有关的建筑一样都不少。在堆叠的房屋中，有教堂，有小酒店，有画廊，有邮局，有村政府……村子里所有建筑，无论是商业建筑还是民用建筑，营业场所还是自家庭院，每一处都涂满了天然的赭红色。仿佛是天堂里的画师不小心打翻了一桶赭红色的颜料，那颜料又恰好均匀地洒在了这里。赭红色的房屋，湛蓝色的天空，绿色的树林，灰白色的岩层，彼此之间搭配得天衣无缝，美不胜收。

餐馆和咖啡馆是每一个法国城市中都必备的场所，即使在这样的小村里也不例外，只不过相比于城市，这里的咖啡馆和餐馆的规模要小许多，数量也少了很多。老人们坐在咖啡馆的露天咖啡座上，一边看报，一边喝着咖啡，一边聊着报纸上的新闻，享受着属于他们的幸福晚年。村子的正中央是村政府和政府广场,在众多房子的怀抱中,小小的广场别有一番精致的韵味。广场旁边有一家出售明信片的小店,店门口摆着一个双层的陈列架,架上放满了各种各样的明信片。没有人在一旁看管,游客可以自由地挑选自己喜欢的明信片。

这里曾住过许多名人,美国社会学家威利和爱尔兰剧作家贝克特都曾居住在这里。贝克特还在这里创作了他的法语小说——《瓦特》。

屈屈隆村是一个恬静的地方,这里到处是悠闲的人们,大家在一起聊聊天,喝喝咖啡,晒晒太阳,一天就这样静静地过去了,所以这里也被称为"普罗旺斯的大厅"。

1720年的屈屈隆并不像现在看到的这样安逸,那一年,可怕的瘟疫夺去了村里近三分之二的人的生命。后来,村子里来了一位守护者,在他的悉心治疗下,患病的居民们渐渐好了起来,村子里又恢复了往日的平静。为了感谢那位守护者,村民们将每年的5月21日定为感谢日,并于当天举办祭礼,砍树,鸣笛,击鼓,跳舞。女孩子们身穿印有普罗旺斯向日葵图案的裙子,男孩子们头戴红色的贝雷帽,当音乐声响起时,他们便开始面对面地跳舞,一边跳,一边祈祷村庄里的一切都会越来越好。

在普罗旺斯,最美的是那些如同鹫巢一样的村庄。村落给人的感觉完全超出了人们的想象。它们充满生活的气息,充满人情味,也充满艺术气息。谁说乡村里没有艺术?谁说乡村中的艺术只能供当地的人们闲暇时消遣?红色陶土制作的罐子朴实大方,小小的画廊里竟然收藏了50多位画家的作品,就连那些世界知名的艺术家们也曾被这些小小的村落摄去了魂魄,痴痴地停留在这里不肯离开。

这就是普罗旺斯的村落,让无数游客不忍离去的村落,让许多口中说着

"我只去看看"的人们最后放弃原有的生活定居下来的村落。这些小村落如同烂漫的山花一般，一团团一簇簇地盛开在山崖之上。它们散发着一种魔力，这魔力让生活在其中的人充满幸福，也让普罗旺斯变得更加美丽，更加充满诱惑力。

集市·人群与人群

如今的上班族们越来越习惯去超级市场购物，从一开始购买面包和牛奶，到后来购买毛巾和洗发水，到现在的购买蔬菜水果，人们对超级市场的依赖越来越重。可是我却越来越不喜欢那里，特别是当我不得不为了几棵青菜和一袋水果在那里排着长长的队伍等候结账时，我就更加不喜欢那里了。

集市是一种生活化的场所，相比于将所有商品都封闭在一个大型的空间里的超级市场，集市带给人们的，更多是平实的感觉和生活的气息。在集市上，一切都是开放的，敞开的，人们自由地寻找喜欢的东西，问好价钱，将它们捡到袋子里，然后直接离开。集市上的价钱还可以商讨，只要商贩和顾客商量好，就可以以较低的价钱买到心仪的商品。

对集市的喜爱源自于童年的记忆。小时候，从家到学校之间有一条必经的马路，每天早上，马路都会被各种各样的摊位占满，蔬菜、水果、日杂、零食……每一天，我都要从这些摊位中穿过，看一看那些摊位上的东西。对于很多人来说，集市中的吆喝声，讨价还价声，交谈声，脚步声，家禽的鸣叫声混成一片，让人头痛，我却认为这非常有趣，所以虽然可以从他们后面绕过去，我却始终坚持从中经过，并享受着这种感觉——那种生活的气息。

有村落的地方就会有集市，国内如此，国外也是如此。对于生活在阿维尼翁地区的村民们来说，除了一些传统的节日和各个村庄中特有的节庆日之外，最具人气的事情就是赶集。赶集是一项老少皆宜的家庭活动，热闹的集市上，可以看到衣着高雅的老妇人、身材健壮的男人、精明干练的主妇、好奇心十足的孩子……总之，小镇里到处都是热情的小摊贩和兴致勃勃的顾客们。

每周六上午，在阿普特都会有一场热闹的集市，这场集市吸引了附近许多村落的村民。阿普特是吕贝隆山区中一座典型的法国小镇，在这里举办的周末集市有着悠久的历史，至今已有几百年。由于一到中午集市就会结束，所以人们必须一早醒来就开始准备，然后从自家向集市出发。对于悠然生活的普罗旺斯村民们来说，这是少有的相对忙碌的一天。

虽然人们在外出时也需要用汽车代步，但是毕竟他们在平日很少出村，所以开车的机会不是很多。到了集市日则不同，无论是把自家的货物带到集市上出售，或是想要大包小裹地采购家中需要的东西，都离不开汽车。这时，便能看到家家户户一大早开着汽车向集市行驶的场面。有些人开的是小汽车，那毫无疑问是准备去买东西的人；有些人开的是卡车，车上装载着蔬菜筐或其他的货物，那毫无疑问是准备去卖东西的人。

许多人在太阳刚刚升起的时候就到达了集市，他们选好位置，然后将卡车的货仓门打开，一个简易的带有仓库的摊位就这样布置好了。也有一些小商贩会在车前支起一个架子作为自己的摊位，然后从自己带来的货物中每样挑一些摆放到架子上，这样可以更好地吸引顾客们的注意。镇上小店的店主们也不会错过这样一个好时机，他们一早就在自己的店铺前面支好了架子，然后把店里的东西拿到了外面。

当太阳完全升起时，平日里空荡荡的那些小广场都已经被各种摊位占满了。水果摊、蔬菜摊、牛肉摊、香皂摊、葡萄酒摊、陶器摊……这些摊位从广场向四面八方延伸，直到将整个小镇都变成了一个超大的集市。

人们可以在集市上买到许多特色商品，而在这些特色商品中排名第一位的，自然是用这里的水果制成的果酱。阿普特盛产水果，据说几百年前，一位普通的主妇想煮一锅甜品，便将家中吃不完的水果放到锅中炖煮。甜品煮得很多，每一次食用前她都会将甜品加热。当她第七次加热过后，惊奇地发现甜品已经变成了柔软黏稠的果酱，并且口感清香甜美，用来蘸面包也非常好吃。后来，这种方法在当地广为流传，一些有心的人将她的方法进一步改良，从而制作出了美味的果酱，将拿到集市上出售。从此，阿普特的果酱享誉周围各个村落，这里也因此被人们冠以了"果酱之都"的称号。

除了果酱，这里的蜜饯也很有名，那自然是由于这里的水果既新鲜又美味的原因。这里的水果不但好吃，卖相也好，让人一看心里就痒痒的，想要把它们带回去。这里的樱桃特别好吃，看上去又大又红，咬一口汁水饱满，甜甜的汁水能够一直渗到人的心里。草莓也不错，从外表看去就知道它成长的环境一定很健康。

此外，我也在这里看到了传说中的"普罗旺斯三宝"——粉红酒、橄榄油和薰衣草制品。当我路过出售薰衣草制品的摊位，熟悉的香味吸引了我，让我不由得停下了脚步。最后，我买下了几块薰衣草制成的香皂，还有几枚用薰衣草压制成的书签。

　　热闹的集市也为周围的餐馆和咖啡馆带去了好生意。集市一结束，那些忙碌了整整一个上午的人们便会拥进附近的咖啡馆或餐馆，叫一些吃的东西，然后美美地享用起来。每当这个时候，都是那些咖啡馆和餐馆最忙碌的时候，为了能够更好地招待客人，店主们都会提前准备，以免客人来到这里时没有足够的食物供应。当那些来自梅纳村、奔牛村等地的人们在集市上忙碌地挑选着商品时，这些店里的服务生们则在店中忙碌地洗着胡萝卜、土豆、生菜等食材，为中午的客流高峰期作准备。

　　对于咖啡馆和餐馆的店主们来说，居住在这里，最大的优势就是可以在第一时间采购到最新鲜的食材。早在其他村落的人们还没赶到这里之前，他们派出去的厨师们已经在集市上买到了鲜美多汁的牛肉、脆嫩爽口的青菜、饱满的水果和醇香浓厚的葡萄酒。

　　对于他们来说，阿普特的集市不单纯是一个集市，它也是大家交流心得的场所。虽然人们常说"同行是冤家"，但在这里，同行之间更是兴趣相投的朋友。两家餐厅的厨师若是在采购的时候遇上了，一定会彼此打个招呼，然后一起挑选需要的食材，挑完之后再各自分开去寻找其他需要的食材。

　　而对于主妇们来说，这里不但是一个大显身手的好地方，也是一个结交朋友的好地方。挎着篮子的主妇们在挑选商品的时候充分发挥着自己独特的观察力，一边挑选心仪的商品，一边向身边的其他主妇传授自己的经验。如果一位初为人妇又不太擅长挑选蔬菜水果的女子在集市上遇到一位经验丰富的主妇，那便是她的幸运。我就在这里见到了这样一幕场景，一位中年主妇热情地教身边一个年轻女子如何挑选最好的牛肉，那年轻女子一边用敬佩的神情看着她，一边点头。挑选完毕，两人简单地告别，便各自离开了，人与人之间的感情就是那样简单，生活也变得快乐起来。

若说唯一能够算得上"吵"的声音，也许只有来自街角艺人表演的声音吧。这些艺人表演着不同的节目，有的人在唱歌，有的人在跳舞，有的人在演奏乐器，有的人在杂耍。那些乐器发出的声音穿过人群传到我的耳朵里，听起来别有一番韵味。

集市是小镇人们休闲的场所，赶集也成为了这里人们每周一次的消遣活动。他们习惯了在这里慢慢地闲逛，一逛就是一个上午，无论是否真的有东西要买；他们习惯了若无其事地走在摊位和人群之中，欣赏着每一件商品，和身边的人打招呼；他们也习惯了集市散场后与事先约好的朋友在某家餐馆中喝一杯，聊一聊。

没有人会空手而归，就连那些抱着来这里体验一下"普罗旺斯式生活"心态的人们，最后也会不由自主地买一些东西带回去。也许是几张黄蓝交织的普罗旺斯特色的桌布，也许是几枚陶碟，也许是一把甜美多汁的樱桃，也许是几个闪着光泽的西红柿，也许是几棵清新的芦笋，也许是一束色彩缤纷的鲜花。

中午过后，集市结束了，小镇的街道瞬间又空了下来，那喧闹的氛围也仿佛一下子被抽走了一般。地面很干净，没有乱扔下的菜叶或果皮，没有一地鸡毛鸭毛或是鹅毛，没有不小心掉落然后被踩烂的水果或蔬菜，好像这里什么都没有发生过。

除了这种周末的集市，在普罗旺斯，另一种集市也吸引了许多人，那便是专门为了出售季节性农产品而开设的集市。这种集市只在特定的农产品收获之后才会开市，集市上出售的自然也都是其他季节里见不到的东西。每一个地方都有特定的季节性集市，不同地方的集市开市的时间也不同，有的地方开在上午，有的地方开在下午，有的地方全天都开市，不过大部分的集市都属于早市，和阿普特的周末集市一样，中午一过，集市就不见了。

在普罗旺斯的"赶集"，或许可以称为"逛集"。这里的集市上没有一丝"赶"的氛围，即使相对忙碌，也不过是将这一过程的时间拉长了而已。没有人真的非要用"赶"的速度去集市，也没有人真的要用"赶"的速度在集市上转一圈便离开。对于这样一个生活节奏缓慢的地区而言，即使他们真的在"赶"，那速度也比我们所认为的"慢节奏生活"要悠闲得多。

虽然相对忙碌，但这一天中，人们的脚步同样悠闲而缓慢，没有人迈着急匆匆的步子在集市中寻找自己需要的东西，时刻准备在采购完毕后马上回家；没有人一边等待摊主结算商品，一边不停地低下头看手腕上的手表；也没有人急着穿过拥挤的人群，大声地喊着"让一让"。

这里的集市很安静，安静得完全颠覆了我头脑中对集市的概念。我第一次看到如此多的人能够在集市中慢慢地逛着，慢慢地欣赏着，像是参加展览会一般悠然自得。我也第一次在一个并不喧闹的集市中感受到了别样的生活气息，那种感觉就是人与人之间的友爱。

派广场·挤在一起的奇怪建筑

对于每一座城市来说,广场是必不可少的场所,人们在广场上进行各种规模或大或小的活动,比如锻炼身体、做游戏、举办演出等。

在国内,大城市的广场和小城镇上的广场有些不同,大城市的广场面积比较大,广场四周会圈出一些场地,设立一些冷饮摊,卖一些小玩意,或者安置一些游戏设施等。大广场上通常能够看到大片的草坪,所以即使人很多,很热闹,它们也能给人一种空旷的感觉。傍晚时分,孩子们在广场上练轮滑、玩滑板,奔跑嬉闹,大人们在广场上散步闲聊,广场上洋溢着悠闲的感觉。小城市的广场面积虽然小,却更加热闹,各种小摊和各种活动挤在小小的一块空地上,别有一番情致。

如今,听说老家那边的小广场上,最常见的就是一些跳广场舞的阿姨们。每天傍晚,她们都会聚集在家附近的广场上，兴致勃勃地一边聊着家常，一边等待领舞老师的到来。她们每一天都不间断，除非赶上天气特别不好的时候她们才会暂停一天。

闭上双眸，思绪里转换的又何止是时空的交错。一座重要的广场都有它的独特之处，或展示了艺术的氛围，或弥漫着历史的气息，或充满着纪念性质。很多广场甚至已经成为了它所在城市的重要标志。在整个普罗旺斯，知名的广场不计其数，比如拥有古罗马遗迹的共和广场，因梵高的一幅画而出名的论坛广场，可以让行人感到暑气尽散的四只海豚广场等。在阿维尼翁，也有一些值得一看的广场，并且绝大多数的广场都有着它独特的风格。

想要前往圣贝内泽桥，教皇广场是必经之地。由于圣贝内泽桥的传说与神的启示有关，所以教皇广场的最大特点是宗教历史性和艺术性，这一点从它周围的那些建筑便可以看出来。教皇广场的周围聚集着许多历史性的建筑，无论何时前去，都能看到气派的教皇宫和庄严的圣母院静静地站在那里，迎接着游客们的到来。高雅的小皇宫美术馆和音乐艺术学院也坐落在这座广场周围。

很多东西都是有灵魂的。不曾留意的，不曾放在心上的，有那么一天，会遗憾，会感慨。小皇宫美术馆始建于 1317 年。在过去的那些岁月里，它曾担任过许多种角色，也更换过许多的名字。一开始，它被作为一位主教的宅邸，那时它被称为"小皇宫"，属于私人的领域，外人不得入内。后来，它被作为圣公会和学校时，也只有相关的人员才可以进入。再后来，法国政府将这里改为了美术馆，这里才真正开始对外开放，人们在里面可以看到数量非常可观的中世纪到文艺复兴时期之间的绘画作品和雕刻作品。

阿维尼翁的另一个著名广场是钟楼广场，它位于阿维尼翁市的市中心。钟楼广场的特点是古典和悠闲，广场上的大部分建筑都已有上千年的历史，这些建筑并没有因为岁月的洗礼而变得残破不全，它们仍然保持着高雅的姿态，淡然地陪伴着这座城市成长。哥特式钟楼是这座广场上的标志性建筑，广场的名字也因此而生。几个世纪过去了，那钟楼上的齿轮还在兢兢业业地动转着，每逢整点，从钟楼里传出的钟声回荡在广场上，让人听了心中有种别样的感觉。

阿维尼翁市政厅和歌剧院坐落在广场周围，为广场增添了许多优雅的气氛，广场上的一间间咖啡厅和餐厅又为广场增添了许多轻松的气氛，使宽广的广场看上去不那么冷清寂寞。广场上晒着太阳的老人、杂耍的艺人、玩耍的孩子、喝着咖啡的男人和女人、广场外围商业街上拎着购物袋的白领丽人和在一旁陪伴的成熟男性，这些人的存在使整座广场变得更加温暖而悠闲。

普罗旺斯的每一处建筑和景观都有各自的风格和特点，或有着浓浓的古典气息，或有着自然的民间风格，或有着艺术氛围，而"派广场"是一个例外，这里没有一个明确的主题，若是一定要找一个主题出来的话，那么它的主题便是"混乱"。

当我阅读着那些描写这里的"奇特"文字时，我的感受并不真切，而当我亲自站在这里，感受着这里的一切时，我顿时有了一种感觉，那真的是一种说不出的怪异感觉。

派广场周围的建筑风格非常混乱，当我到达这里时，第一栋映入我眼帘的建筑是一栋十分高雅的建筑，但很可惜的是，它的高雅中却透着一丝颓废，因为它的外表实在太过于破旧了。如果不是亲眼所见，我想我永远也想不到一栋既高雅又破旧的建筑会是什么样子。它给我的感觉，就好像一位穿着像乞丐一样的绅士，虽然外表狼狈不堪，但那份从骨子里透出的优雅气质却是无法被掩盖的。

或许这只是一个特例，我想，也许人们只是还没来得及对它进行修补和粉刷，又或者建造者原本就想向人们传达这样的一种感觉。然后接下来我看到的是另一座和它风格差不多的建筑，如果说看到第一栋建筑时我还对这里的建筑抱有一丝希望，那么看到第二栋时，我的心里就已经不再那么乐观了。

这是一栋三层楼的停车场，外面的墙体已经褪色了，楼里面停着各种颜色的汽车，看上去好像一块塞满了莫名材料的"三明治"，而用来制作三明治的"面包"早就已经不新鲜了。我在国内也曾见过许多这样的多层停车场，是在我生活的那座城市里，就有一座气派的多层停车场建在公司附近。那是一栋五层楼高的停车场，墙体是奶油巧克力一般的白色，看上去高雅而大气。从外面看，它像是一叠放置CD的架子，从里面看，它像是一所科技馆。无论从哪个角度看，都只会给人美好的感觉。而当我走进这座停车场时，那透着光的窟窿搭配着里面破旧的颜色，显得有些诡异。

另一个方向，一座混凝土建成的现代都市纪念碑彻底让我对这里的景象心灰意冷。听说这座纪念碑出自一位建筑系毕业生之手，第一次见到这样的纪念碑，我只能自嘲般地对自己说，也许因为我不够懂得艺术，才欣赏不了它的美吧。虽然走得有些疲倦，我也不愿去碑下的长凳上休息片刻，并且我发现大多数游客都和我有着一样的心理。这里真的太冷清了，就连梅尔所描写的那些流浪汉我都没有见到。

此刻，我赞同了梅尔在书中表达的观点。这是怎样怪异的一种感觉？对我来说，这样的广场无论如何都不符合普罗旺斯的风格。我说不出它到底属于什么性质，高雅？古典？传统？现代？又或者灵异？幸好我到达的时候阳光已经覆盖了这片广场，若是我在黎明到来之前到达这里，我一定会感到一些害怕，因为这里任何一栋建筑都会给人以奇怪的感觉，而当它们集合在一起时，那种不协调的怪异感觉就变得更加明显。若是胆子比较小的女孩子来到这里，一定还会有一种毛骨悚然的感觉。

幸好，我在广场附近的市场里找到了一丝安慰。这里就是梅尔书中提到的亚勒市场，市场里热闹的场景让我找回了一点生活的气息。是的，我并没有什么需要买的，我会来到这里也仅仅因为想要寻找一处相对有一些人气的地方。

亚勒市场真的很小，全部面积加起来大约是60平方米，还不如一间普通的两室一厅的房子面积大。然而就在这里，水果、青菜、肉类和鱼类都能买得到。小贩们大声地吆喝着，而顾客们在狭小的空间里挤来挤去，轻车熟路般地挑选好需要的东西，然后离开。

离开亚勒市场，我在附近一家小店里坐了一会儿，点了些东西吃。小店里的食物味道不错，也很实惠，热情的店主让我想起上学时常去的那家小饭馆的老板娘。那是一家主要面向学生们而开小饭店，老板娘是一位中等身材的女人，看上去很憨厚，很有亲和力。每当有学生光顾，她都会多给我们打一些饭菜。

想想学生时代的自己似乎也曾高估过自己的能力，将世界看得简单而纯粹，这种想法一直持续到工作半年后的某一天，便再也没有出现过了。之后的日子里，我学会了察言观色，小心翼翼地做每一件事，再也不敢尽情地发表自己的意见。身边的人说我成熟了、内敛了、稳重了，而我却觉得自己少了一些什么东西。突然间，我很想回到那纪念碑下，看一看那个与广场极其格格不入的纪念碑。

我又一次回到派广场，站在那座纪念碑下，观察着，研究着。我仍然不懂得那设计到底有什么名堂，但是这一次，我却不再反感，而是能够平静地去欣赏它，接受它的存在。此时，这家伙给我的感觉似乎有了一些不同，我仿佛看到他的设计者对它投入了怎样的精力和时间，并且满怀欣喜地将它交出来。

虽然这是一座免费设计的纪念碑，虽然它不好看，不受欢迎，我却在它的身上看到了一种自信，一种勇气。自信和勇气让一个人主动提出将自己设计的建筑摆放在一座广场之上。如果我也可以多一些自信，多一些勇气，我是否也可以做出一些属于自己的东西呢？

再去看周围那些建筑，怪异的感觉还在，只是没有了之前那种强烈的不适。有些事情就是这样，接触得多了，时间久了，慢慢地也就适应了。

离开派广场之前，我转过身，看着阳光下那片"混乱"，欣然笑了。即使是"混乱"，也有它存在的意义，既然存在了，就坦然地接受吧。

山花烂漫·步入人间仙境

普罗旺斯是薰衣草的天堂，阿维尼翁是薰衣草的仙境。在阿维尼翁城外，我看到一大片淡紫色的薰衣草花田。它们在风中摇曳的身姿是那样婀娜，那样富有诗情画意。在这样一小片薰衣草花田身后，阿维尼翁城看起来像一座仙境之城，那城门口处的断桥，便是通往仙境之桥。

不过，阿维尼翁最值得观赏的薰衣草并不在城里，而是在城外。

阿维尼翁附近的瓦朗索尔是最经典的普罗旺斯小镇之一，也是观赏薰衣草最好的地点之一。瓦朗索尔坐落在高原之上，一侧是吕贝隆山脉，另一侧则是阿尔卑斯山脉，这一独特的地理位置使这座小镇能够整年都享受到充足的阳光，而这样的环境对于喜欢光照的薰衣草来说无疑是再好不过的。

这里有整个普罗旺斯面积最大的薰衣草花田，很多摄制组也将此地作为拍摄圣地，曾经热播一时的《又见一帘幽梦》中那一大片绝美的薰衣草花海就选自这里。电视剧的热播让这一片薰衣草花海成为了热门景点，费云帆和紫菱牵着手在薰衣草花田中漫步的情节更让很多人为之痴迷。许多人甚至为了追求那一份浪漫，特意将这里作为拍摄婚纱照片的首选地。

小镇上居民不多，其中有一大部分世代以种植薰衣草、提炼薰衣草精油为生。制作和出售薰衣草制品自然也是镇上居民们主要的生活来源。

这里的薰衣草精油都是用最天然的方式提炼而成，在这些精油中，除了薰衣草本身的香气，我闻不到一丝多余的气味。我很好奇这些精油是如何制成的，向镇上的居民们请教后，热情的居民请我参观了他们的制作工坊。除了这家工坊，这座小镇中的许多薰衣草香皂或精油的制作工坊都是允许游客参观的。

每年7月的第三个星期日是瓦勒索尔镇的"薰衣草节"，节日当天，镇上的居民会在镇上进行游行。每一个参加游街的人身上都会穿着传统服饰，一些人手中会拿着收割薰衣草时所用的工具，还有一些人手中会拿着自家用薰衣草制成的商品。他们浩浩荡荡地穿过小镇的每一条街道，在镇上传递着薰衣草的芬芳，同时表达着心中对薰衣草的感激之情。

除了游行，出售天然薰衣草产品的集市也是"薰衣草节"上必不可少的。在集市上可以买到薰衣草花茶、薰衣草蜂蜜、薰衣草小枕头等，还可以买到在其他地方吃不到的不含任何添加剂的薰衣草冰激凌。吃上一口，那淡淡的芬芳混着冰凉的感觉在口中萦绕，久久不散，令每一个尝过它的人都回味无穷。

驾车沿介绍中的D8公路一路行驶，还没接近花田时，那深深的紫色便让我大饱眼福。公路两侧的不间断的薰衣草花田让我产生一种幻觉，仿佛有一把蘸满了紫色颜料的画刷随着我一路刷了过来。听说如果时机刚好，能够赶上薰衣草和向日葵同时开放的时候，还可以看到深紫色中夹着的金黄。而如果在薰衣草刚刚盛开的时候，兴许还能在花田中看到尚未凋零的虞美人。

一下车，极其浓郁的薰衣草香味扑面而来，瞬间夺去了我的呼吸。眼前那棵树冠为球状的树让我意识到，我所站的位置正是"一棵树和薰衣草"那张照片的拍摄之处。无边无际的薰衣草花田，如同树杈形状一般的公路分岔路口，仿佛突然被截断的公路，一棵树冠巨大的树站在分岔路口处，像是在守护，又像是在等待。这张照片自从被发布到网上，就一直在被世界各地的人们下载，很多人都是因为看到了那张照片后慕名而来，还有许多人根据这一张照片编写了浪漫感人的故事和小说。

有人说，薰衣草花田是最适合恋人同去的地方，因为薰衣草的香气特别而富有记忆性，只要去过一次，那种沁人心脾的芬芳就会融入血液和记忆中，恰如情侣之间那甜甜的爱恋和浪漫的情怀。一同去过薰衣草花田的情侣，在以后的日子里，无论发生什么事情，无论什么时间，只要闻到薰衣草的香味，就能够想起当初的甜蜜，即使破裂的感情也能复合。

我并不赞成这样的说法，如果两人不再适合彼此，即使靠着残留的那一丝美好继续牵绊，又有什么意义呢？无非换来两个人的长久折磨罢了。不属于的，不适合的，还是就让它过去吧。相比之下，我还是比较欣赏另一种说法，薰衣草中留下的美好的记忆，能够让彼此即使在分手之后再想起曾经的一切，也可以无怨无悔。

薰衣草在还未完全成熟的时候，花蕾偏下的部位还会有一点绿，当它完全成熟后，整个花蕾便都会呈现出深深的紫色。在薰衣草花田中拍照，白色系的衣服是最好的，浅色的衣服也不错。有不少人看到电视剧中的女主角穿着白色纱裙在紫色的薰衣草花田中拍照时，心中都会生出无限的羡慕。那衣袂飘飘宛若仙子一般的感觉,是每一个爱做梦的女孩都渴望拥有的,那陶醉的神情让每个女孩都为之心动。

然而当她们真正来到这片花田中,真正穿着轻薄的衣裙在这里摆出各种姿势拍照时,她们才发现这感觉并不如她们想象中那般随意和美好。一走进花田,她们的身边就顿时多了一些声音,那是些细微的"嗡嗡"声,走得越深入,那声音便越发的明显。

我也听到了那些声音,仔细望去,便发现那些声音来自一些穿着黄黑相间服饰有着轻盈翅膀的小东西——蜂蜜。盛开的薰衣草非常受蜜蜂的欢迎,所以在花田里,走到哪里都能看见蜜蜂们辛劳的身影。随处可见的蜜蜂让女孩子们时刻担心自己会被蜇伤,即便如此,可能被蜜蜂蜇伤的担忧却还是不及能够拍出仙境般的照片的诱惑力大。

还有一些摄影爱好者专门为这些蜜蜂拍下了一组组特写。一颗小巧的薰衣草花蕾上,一只个头相对较大的蜜蜂正专心致志地采集着花蜜,另一簇盛开的薰衣草旁,一只蜜蜂已经完成了它的任务,飞往下一个地方。

继续向前走一段,可以看到薰衣草花田中散落着一些黄色的小房子,走近之后就会发现,那些小房子是一些农舍,每一间农舍都是按照普罗旺斯最为传统的风格建造的。每逢收割的时节到来,人们就会日以继夜地忙碌在薰衣草花田里,他们需要在有限的时间内将一株株薰衣草割下,然后将它们进行蒸馏萃取,最后得到薰衣草的精华。

另一处欣赏薰衣草的好地方是被称为"薰衣草之都"的索特镇,它与瓦勒索镇相似,同样是一座海拔比较高的小镇。索特镇是欧洲最大的薰衣草种植地,这里的薰衣草属于高山薰衣草,盛开时间比瓦勒索尔镇的薰衣草晚一些,所以"薰衣草节"的日期也相对晚一些。

这里一年四季都有不同的景色,春天是满目嫩绿的生机,小草刚刚发出嫩芽，熟睡了一冬的植物也都渐渐醒过来，露出嫩嫩的枝条；夏天是满目的淡紫，有点朦胧，有点娇羞；秋天是满目的深紫，之后便迎来繁忙的收割季，满目忙碌的身影；冬天是满目皑皑的白雪，若是雪下得薄一些，还能看到雪地中露出的一丛丛割过的薰衣草的茎。

最美的时刻自然还要属遍野薰衣草盛开的时候。紫蓝色的薰衣草是这里的特色，每当薰衣草盛开的时节，紫蓝色、紫色、绿色掺杂在一起，将整个山区装点得格外美丽。那一株株弱小的紫色植物静静绽放着，优雅而艳丽，高贵而妖娆。风起时，摇曳的身姿有一丝风情，有一丝腼腆，有一丝温存，有一丝娇羞。

若仅仅是一株，那单薄的身影还不足以激起人们心中的感触，或许只会让人心生爱怜。而当千万株薰衣草聚集在一起时，风起时那一层层涌动的紫色波浪令人惊骇不已。那随着波浪一并涌动的香气，一波接一波地冲入观赏者的鼻腔，挑动着人们的嗅觉，也挑动着人们的思绪。

幽香一阵接一阵地侵袭着我。闭上眼，作一个深呼吸，全身的毛孔仿佛都得以舒展，与我一并专心地吸吮着这迷人的香气。我有些晕眩了，恍惚中，我看到薰衣草仙子缓缓地向我走来，她身上的薄纱轻轻地飘动，一双近乎透明的翅膀在阳光下若隐若现。她向我微笑，向我招手，我的身体便轻飘飘地浮了起来。她在前方带着我，我们一起在薰衣草花田中穿梭，轻盈的身体，轻松的心灵。她的手一挥，我看到千万个精灵一起从那成团的花丛中飞了出来，她们是那样小巧，那样精致，那样灵活。她们在空中舞蹈，悄悄地，没有一点声音。转眼间，我们一起浮到了上空，暖暖的花香托着我的身体，簇拥着我们缓缓移动。好一个情不自禁。

阳光渐渐消失在地平线，人们陆续离开。那片紫看起来更深了，我知道，当天完全黑下来之后，这里将会是一片深海一般的寂静。光线会消失，游客会消失，不会消失的只有那挥不去的芳香。月光下的薰衣草花田更像是一块紫色的地毯，让人不禁想要睡在上面，好好地享受一下大自然带来的安逸。

有人说，"薰衣草是开在园中的紫，飘在空中的香"，对我而言，它的意义并不仅如此。那是一种甜蜜的惆怅，是一种明媚的忧伤，是一种温暖的孤独。令人陶醉的，不仅有那份来自花田的香气，还有那一抹紫，那代表着梦幻和自由的紫。每一个喜欢薰衣草的人心中都开有一片紫色的梦，那是一种期望，一种追求。

我曾过于苛刻地对待自己，对待工作，对待生活，对待爱情，那时的我喜欢紫色的高贵，却感受不到它的温暖。如今，当我放下那些外在的追求，不再对自己苛刻，不再对自己勉强，我却在紫色中看到了温馨，看到了自由，一如紫色薰衣草带给我的感动。或许，这才是薰衣草真正想要教会我的事情。

PART 05 微笑卡玛格
—— 与圣女相关的故事

露天餐厅·阳光在皮肤上跳舞

在法国的南部，罗纳河入海口处，有一座美丽的三角洲，这里有最著名的湿地保护区，有美丽的风景，有大批迁徙的野兽和鸟禽，有千万种野生植物，有美味的大餐，有圣女的传说，有蓝蓝的天和蓝蓝的海，也有白白的云和白白的山。这里是卡玛格，一个充满自然气息的地方。

卡玛格靠近地中海，作为一座海滨小城，它自然有着海滨小城所特有的风情，湿润的空气中掺杂着些许咸咸的味道，阳光明媚的天空中偶尔能看到一几丝白云经过。

人类的诞生和城市的变迁都与大海有关，许多人都对大海有一种莫名的亲近之情，也因此产生了许多关于大海的动人诗句和形容大海的美丽辞藻。海子在诗中说，他希望有一座"面朝大海，春暖花开"的房子，在那里过着平淡、安静、悠然自得的生活。

而现在的人多数期望的，是能够在海边吹吹海风，喝喝啤酒，吃吃烧烤，睡睡沙滩；或者支一把太阳伞，躲在阴凉中欣赏大海的起伏；或者躺在被太阳晒热的沙滩上，享受着激情的日光浴；或者用沙子将整个人埋起来，感受别样的游戏。

人们爱上大海，爱上海边的景致，看着辽阔的海面，心情也舒畅了许多，许多一直扰乱自己的心事也消失得无影无踪了。

这里的沙滩与别处不同，它们细腻而柔软，一望无边。在金色的沙滩上漫步，累了随意坐下来休息。海风微微地吹着，吹动岸边的海水，吹过每一个人的心田。海浪一层层从远方向岸边涌动，像少女的裙角，随着海风上下摆动。近处的海浪轻轻地拍打在岩石上，日复一日，年复一年，而在远方，一定也有我们看不到的波涛汹涌，和无尽的狂烈。

牵着手的情侣脸上洋溢着幸福的笑容，他们在沙滩上边走边聊，夜幕落下，并肩而坐，写下彼此的名字。有人说，写在沙滩上的名字早晚会被大海带走，并不能象征着爱情的永存，然而，我认为那名字在被带进了海中时，已经接受到了大海的祝福。海之神收下了这对名字，将它们封存于深深的海底，保佑着他们，关照着他们。

这里的海滩，随处可见去享受日光浴的人，他们仿佛对阳光有着天生的渴望，喜欢将自己的身体尽可能多地裸露在阳光之下，感受阳光，感受温暖。

法国南部的许多年轻人都有文身，也许在胳膊上，也许在腰间，也许在脚腕。这些文身也许是一朵可爱小巧的花朵，也许是一个奇怪的符号。在这里，文身只是一种和口红一样平常的装饰，并不代表任何其他的意义。他们同样友好、善良、有礼貌，会对人露出美好的微笑。那些文身仿佛已经与他们的身体融为了一体，当他们沐浴着阳光时，那些细小精致的文身也在阳光下释放着彩色的光华。

无论男人还是女人，没有一个人会为自己的裸露而感到害羞，所有人都大方地躺在自带的垫或躺椅上，或坐在小椅子上，看着书、聊着天、睡着觉、晒着太阳。是啊，在这样一座拥有如此明媚阳光的城市里，怎么会有人舍得跑进房间里躲开那明媚阳光的洗礼呢？于是，在这里，露天的餐厅座位也成为了抢手的地方。

在普罗旺斯的任何一座小镇中，我都能看到许多露天的餐厅座位，这自然是由于这里的阳光格外迷人的缘故。这里的露天餐厅座位和露天咖啡座位一样，即使遍布整条街道也没有人会嫌多。

在卡玛格，则绝对看不到那种污浊混乱的场面。没有大声吆喝的小贩和服务员，没有油乎乎的餐桌，没有散乱破旧的桌椅，没有喧哗的顾客，没有刺鼻的油烟。有的只是拥挤却不凌乱的座位，干净整洁的餐桌，穿着整齐的美丽的服务员，和一盘盘被端上来的可口的食物。

每一处露天餐厅座位都非常拥挤，每两张桌子几乎都是挨着的，每两张椅子的靠背之间也挤得几乎没有缝隙。若不是要留出供服务上菜的通道，这里一定会呈现出一副家具市场般的景象。

每天中午是餐厅最忙碌的时刻。当午餐时间快要到来时，海滩上的人们便会陆续撤离，来到餐厅用餐，原本摆放得如同家具市场一般的露天餐厅座瞬间成为了人的海洋。服务员们迈着轻盈的步子，斯文地穿梭于餐桌之间，耐心地向顾客推荐当天的特色菜肴，向顾客讲解他们所点的菜包括什么内容，记下顾客们的需求，将菜单送到厨房，然后再返回来进行同样的事情。

这里有多种普罗旺斯的著名美食可供顾客们挑选，所有人都不需要担心吃不到可心的美食。其实，典型的普罗旺斯美食虽然美味，却并没有什么秘密可言，它们主要由几种材料构成：新鲜的时蔬、西红柿、海鲜、橄榄油和大蒜。至于为什么它们能够如此美味，主要因为那些农产品从播种到收获都不曾离开普罗旺斯的阳光，而那些海鲜又都来自于阳光下的地中海，就连那些用来调味的香草等调料都是在阳光的呵护下成长的，更不要说用来烹饪的橄榄油了。这里的阳光让所有的食物都格外美味，充满阳光的味道。

在众多普罗旺斯美食中，大蒜美乃滋可称得上是最为著名的食物之一，它算不上一道主菜，却可以用来搭配各种美食，无论是毫无滋味的白水煮蛋还是鲜美的蒸鱼，哪怕是龙虾那样高级的食物都可以用它来搭配。由大蒜与美乃滋混合在一起制成的大蒜美乃滋被称为普罗旺斯的"万能奶油"。

除了大蒜美乃滋，普罗旺斯橄榄酱和大蒜酱也是餐桌上最常见的调味品。橄榄酱是在切碎的大蒜和鳀鱼中加入酸豆、百里香、香薄荷和柠檬汁，搅匀后加入橄榄油和胡椒而制成的。这种橄榄酱既可以直接抹在面包上食用，也可以用来烹饪其他的菜肴。而大蒜酱的制作方法更加简单，将切碎的大蒜放在石杵中，一边研磨，一边陆续滴入橄榄油，直到石杵中的物质变成黏稠状，大蒜酱就制成了，后来，人们为了让它的味道更好，还在其中加入了蛋黄和柠檬汁。大蒜酱可以用来搭配斋戒时的食物，使那些仅仅用清水煮过的蔬菜更好吃。

一边享用着美味的食物，一边感受着阳光在皮肤上跳舞，那感觉相当美妙，让人实在不忍心太快将午餐用完，更何况是在悠闲的普罗旺斯。这里的人们从来不知道追赶时间为何物，没有人想要与时间赛跑，也没有人想要争分夺秒地去做每一件事。在当地人看来，忙碌是一件不可思议的事情，也是一件让人无法理解的事情。"生活如此美好，世界如此美好，为什么不用一颗平常心静静地观察，慢慢地体会呢？"一位普罗旺斯的当地居民这样说。

虽然每到中午，露天餐厅都会坐满顾客，也会因为人数太多而招呼不过来，不过在座的人当中，没有人着急，更听不到催促服务员快一些上菜的声音。菜还没有端上来之前，顾客们会坐在那里闲聊，或选一个角度望向远处的海边。生活在普罗旺斯的人们早已习惯了缓慢的生活，多等一会儿，少等一会儿，对他们来说没有丝毫关系。

不知为什么，这里的人们仿佛天生就不在意时间，也许因为这时的阳光时常让人感到舒适和慵懒，也许因为这里的海风让人感到平静和祥和，也许因为这里的食物美好到让人舍不得不仔细品尝就咽下，也许是这里的风景让人感觉世界上再无其他更值得寻找的地方，也许是这里的美酒让人对生活再无更多需求，也许因为这里的沙滩让人有一种如梦如幻的感觉……也许，那些也许都不是最主要的，最主要的原因是这里是普罗旺斯。

来到这里的人们都会在不知不觉中学会那种缓慢的生活方式，学会慢慢地行走，慢慢地呼吸，随意地聊天，随意地闲逛。如果有人来到这里之后，仍然减不下那急急匆匆的步伐，仍然放不下心中太多的包袱，仍然会因为其他人的不紧不慢而着急，那么这个人便不应该来到普罗旺斯。

午餐时间已经到了，海滩边却还有一些兴致未尽的孩子们久久不肯离开，而他们的爸爸妈妈也没有催促他们，只是在一旁静静地看着他们玩耍。对于普罗旺斯的爸爸妈妈们来说，再没有什么事情比陪伴在孩子身边更幸福。既然餐厅已经满了，早去一会儿或晚去一会儿又有什么分别呢？何况即使晚一些去，餐厅仍然在那里，食物也仍然有供应。除非饥饿感不断地提醒着他们应该去吃饭，否则，他们不会为了赶时间去吃一顿午餐而将孩子从欢乐的气氛中拉扯出来。这便是生活在法国南部的人们重视家庭的表现。

人们总是在追逐，追逐更多的金钱，追逐更高的地位，追逐更多的物质，追逐更体面的生活，追着追着，却忘记了自己为什么要追逐，忽略了身边最重要的人和事。直到那些物质都被时间的河流冲洗得掉尽了油彩，只剩下满身的斑驳，人们才恍然大悟，才后悔莫及，才捶胸顿足。早知如此，何必当初。何不用心好好经营身边的感情，好好感受生活中的美好的小细节，好好陪伴那些值得陪伴的人呢？

　　落日的余晖映照在海面上，餐厅又迎来一个新的用餐高峰期，很多人用过餐后便会踏上回程，只有少数喜爱那夜间的海风的人会留下，等待那海上生明月的美景。靛蓝的海，金黄的沙和阳光，泛红的天，那是梵高喜欢的颜色。

　　脱下鞋子，让柔软的细沙亲吻双脚，奇妙的感觉。累了，就随意坐下来，沙滩上还有着白天的余温，只是不再滚烫。沙滩在夕阳下披上了金色的外纱，那么美丽，那么动人。

随手明信片·美丽不是刻意经营

你记忆中的法国，脑海里的普罗旺斯，一定是无限的阳光，大片的薰衣草园，小小的村落吧。而真正到了普罗旺斯，特别是位于罗纳河附近的地区后，人们才会发现，普罗旺斯的美不仅仅如此。一大片平坦宽广的陆地上，生活着许多动物和植物，却只有很少的居民。卡玛格被称为法国的"牛仔城"，对于想要领略自然魅力和想要在大自然中度过假期的人们来说，这里确实是最值得去的地方。

卡玛格是一个气息清新的地方，这里的街道不是很宽敞，但是对于人少车也少的地方已经足够了。想要更好地浏览这里，骑自行车不失为一个好办法。这样既环保，又方便，还能呼吸到更多新鲜的空气，与大自然来一次最亲密的拥抱。

这里的房子都是独门独户的，房屋都不高，最多两三层。白色的房子和围墙，屋顶有些泛红又有些泛黄的瓦片，平整干净的马路使这里看起来更像一个度假村。这里的一切建筑仿佛还停留在久远的年代，窗框和门都是木制的，有点古朴的感觉。一幢幢房屋排列得很整齐。院子里种了些低矮的树木，一些树木的枝叶已经很茂盛，探到了院墙外面。

在这样清新的小镇里，垃圾的处理也很有讲究。两个灰色有盖子的垃圾箱并排摆放在路边，一个颜色深一些，另一个颜色浅一些，分别用来放置可燃垃圾和不可燃垃圾。垃圾箱后面立着一个蓝底白字上面还有小狗模样白色图案的牌子，上面写着"宠物专用厕所"。

街道不是为了迎接游客才被清扫干净，而是依靠人们平日里的生活习惯来维持。房屋也不是为了供人参观而刻意粉刷成统一的颜色或建成相似的形状，而是这里的人们从很久以前就居住在这样的房子里，并且早已经习惯了它们。这里的一切都与观赏无关，与经营无关，而是这里人们平日里最为平常的生活方式和状态，一切源于自然。

看到这些，我不由得想起一些人工"村庄"和"古镇"，并在心中将它们与卡玛格进行了对比。那些人工"村庄"和"古镇"已经渐渐地变得商业化，少了最初的感动。

那些人工的"村庄"和"古镇"从外表上看去很原始，一进入其中，便会发现里面到处是"人造"的痕迹，周围尽是为了应景而建的建筑。故意作旧的房屋和摆设，故意刷成老旧颜色的屋顶和围墙，古朴的小楼中是热闹的饭馆和出售纪念品的商店都让这些地方显得格外不伦不类。

还有一些旅游村镇因当地的风景和民风而闻名各地，却也因闻名各地而失去了它们最珍贵的风景和民风。原本山清水秀的世外桃源变成了旅游村镇后，宁静古朴的小巷变成了小商品一条街，历史悠久的古老房屋变成了取景收费的景点，朴实的村民失去了平静的生活，就连那些天然的景象也成为了人们盈利的工具。

　　风霜雨雪都是自然界赐予人类的礼物，无论它们对人们的生活产生了好的或坏的影响，带去了方便或不变，它们的美是无可挑剔的，那美丽的雾凇，晶莹的冰柱、白雪，那原本都是再自然不过的景象，如果自然之神看到人们利用这些天赐的礼物去盈利，不知他的心中会有怎样的感受。

　　卡玛格的美，不是刻意，而是天然。这里的人们从来不曾刻意将自己生活的这片地方打造成什么样子，他们只是顺其自然地保护着这里的美丽和宁静，而这样的方式却也恰好打动了来到这里的游客们，使游客们与他们一起保护着这里最天然的景象。

　　蜿蜒的海岸旁边，有供人们行走观光的小路，高高的路灯立在白色的小路边，每隔不远就有一盏，对称的两只灯箱看上去好像天秤的两端，中间的铁工艺让路灯看起来格外有艺术性。白色的石椅为想要休息或坐下聊天的人们提供了方便，小路的另一边就是涌动着的海水，人们可以坐下来，安静地欣赏着白色的浪花。沿海有石子铺成的栈桥，很短，一段一段向海里延伸，从高空俯视拍摄的照片中看，它们好像一只只伸向地中海的触手，又像太阳周围散发的光线。

　　垃圾箱也是隔一段距离一个，虽然小，却足够。这里的垃圾箱让我感觉更像一个个小小的装饰，造型简简单单，安安静静，干干净净。

　　在卡玛格也有许多的餐厅和酒店。卡玛格最高级的米其林餐厅位于一个有机花园之中，餐厅中有关于卡玛格的图书，人们可以在书中了解到一些与卡玛格有关的历史和风俗。

　　在卡玛格曾经流行过一种活动，那是一种与牛有关的活动——斗牛，这也是这里被称为"牛仔城"的主要原因。直到19世纪末，人们对那些残忍的娱乐项目进行了社会批判，并使得许多带有暴力和虐待的娱乐项目不得不终止经营，于是，残酷的斗牛活动也被迫停止了。

可是这时，当地的饲养者们意识到，他们所饲养的那些小牛除了在这些娱乐项目中使用外，既不能独立工作，也不适合食用，于是，他们更改了斗牛活动的内容。如今的斗牛活动是以争夺牛角上的纸花球为主，争夺到最多花球的一方就是比赛的胜利者。许多斗牛爱好者都对当地的这种斗牛活动产生了极大的兴趣，在那些参加比赛的人中，有许多都是业余人士，他们都是因为对这项活动的热爱才参与其中的。

卡玛格的酒店大多建立在海岸线附近，当太阳升起时，站在酒店的窗户前，可以看到温暖的阳光轻轻地从小镇每一幢房子上方经过，将那些彩色的屋顶烘托得更加美丽，散发着温暖的光泽。而转向另一边的窗户，眼前就会出现完全不一样的景色，蔚蓝的大海就在脚下，海滩上散步的人看起来那样精致。

沿海岸线向南行走，可以到达传说中埋藏着抹大拉玛利亚的圣马克西姆。圣马克西姆有着非常纯净的天空，那天空蓝得既明亮又低调，真难想象如此相反的两种感觉怎么能够如此融洽地相处。天空是蓝蓝的，海水也是蓝蓝的，倒映在海水之中的天空显得更加深邃而迷人，也更加蓝得不含一丝杂质。

圣马克西姆的对面是圣特鲁佩，它们一南一北，遥遥相望着彼此，像是一对被分隔两地的恋人。每当有海风吹过，空气中就会弥漫起一股告别的味道，好像温馨的诉说，又好像淡淡的思念。那种恋人的味道，在飘来的过程中经过地中海，便沾染上了地中海的味道。这样的味道在圣马克西姆四处飘散着，不肯停下来。

我相信对于爱好摄影和生活的人来说，这里简直就是一个天堂。蓝蓝的天空，小小的房子，低低的院墙，矮矮的树木，静寂的小路，轻柔的沙粒，明媚的阳光，宁静的大海。在这样天然无修饰的地方，无论走到哪里，只要拿起相机，随手拍一张照片，都可以当作最美的明信片。

每个人都希望美好的景观能够永恒存在，然而在这个世界上，并没有什么美景能够永恒，也许因为地球变暖，或因为地形发生大变化，许多景点都会消失不见。2010年的美国《新闻周刊》已经对世界上的景点进行了评估和分析，并在报纸上公布了即将消失的100处景点。许多人看到这一消息后开始恐慌，开始疯狂，还有一些人开始想尽一切办法要在那些景点消失之前去一次，以免留下终身的遗憾。

对于那些即将渐渐消失的自然景观，我们不由得叹息和追悔，却忽略了一点，若是我们现在不对身边的景观加以保护，那么总有一天，我们身边所有的美好景点都会消失。其实，不去破坏就是最好的保护。而对于那些因天然而打动人心的景点，最好的保护便是不去刻意改变。让它们安静地、自然地、单纯地停留在那里，几年、十几年、几十年、几百年如一日地保持着它们最好的状态。

卡玛格，若是数十年后我再来到这里，你还会一如既往地用淡然的姿态欢迎我吗？你还会一如既往地纯洁无瑕，静若处子吗？我在心底默默地问道。来自地中海的海风在我的耳边呼呼作响，那风声轻轻地吹进我的心里，我仿佛听到了答案。

火烈鸟·追逐湿地天堂

  罗纳河的三角洲上,有着一片广阔无垠望不到边的地方,这里是一片湿地,除了脚下不断延伸的公路,闪着光芒的清澈水面和湿润泥土上生长的绿绿的植物,看不到任何其他的景象。这里没有人烟,没有楼房,没有隔几百米就出现一根的碍眼的电线杆,没有任何与人类有关的物品或建筑。

  这里是卡玛格湿地,欧洲最大的湿地。到了这里,就仿佛到了另外一个世界,一个纯天然的世界。许多年来,上千种草本植物在这里静静地生长,从来没有人类打扰过它们。微风日以继夜地吹拂着这里,水面上从早到晚地荡着微波,那一晃一晃的水光让人心头一颤,看得久了,竟然会有些晕眩的感觉,仿佛心也浮于那水面之上,凉凉的。轻飘飘的感觉瞬间萦绕心头。

  在卡玛格地区,湿地公园所占的面积远远大于了其他场所。动物是这里的主宰者,每年冬天都是这里最热闹的时候，上百种鸟类和野生动物集居在这里，它们和平相处，营造出一片世外桃源的景象。对于欧洲的鸟儿们来说，这里是它们的天堂，是它们躲避寒冬的地方。每年冬天，大批候鸟从欧洲各地飞到这里，开始它们的冬季生活。天暖之后，它们再起身飞回它们原来的家。

在去卡玛格湿地公园的路上，路边的景色变化很大，先是金黄色的麦田，然后是绿绿的水稻田，之后才是荒凉的湿地。人迹越来越稀少，各种建筑物也渐渐看不到了。越来越趋于原始的风景让我充分感受到我正从平凡的人间向另一个世界跨越着。

我看到许多印有卡玛格旅游标志的敞篷吉普车，这些敞篷吉普车都属于当地的机构，想要浏览卡玛格的游客可以去租车处租上一辆，然后安然地坐在车里一边吹着风，一边欣赏卡玛格的景致。

为了保护这里的环境，卡马格委员会制定了一项《水宪章》和《三角洲协议》，着重对这里的水体质量进行保护，同时对公园内的景观质量进行维护。所以，我在这里看不到横贯天空的电线，看不到商业性的建筑，也看不到人为的"自然"痕迹。

当我到卡玛格湿地公园时，一大片芦苇丛映入我的眼帘。芦苇丛的身后，安静的湖面上，我看到灵巧的海鸥、优雅的鹭，还有最出名的火烈鸟。

火烈鸟是一种珍稀的鸟类，性感的S形的长颈像天鹅一样弯曲着，厚而短的嘴上小下大，从内向外泛着红色的羽毛，细长的双腿，鸭子一般有蹼的前脚掌和单独的向上翘起的后脚趾，还有小得几乎看不到的尾巴。火烈鸟的羽毛并不完全是红色的，当它们静静站立在那片湿地中时，红色的部分会被隐藏在翅膀之下，只隐约露出一点点，有一种"满园春色关不住，一枝红杏出墙来"的意境。

关于火烈鸟有一个传说，据说它们的羽毛之所以是红色，那是因为它们携带着来自南焰山的火种。最初，楼兰古国没有火种，每当夜幕降临，所有的居民就只能生活在一片黑暗和寒冷之中。后来，楼兰出现了一位法力强大的烈火使，他命令火烈鸟将火种从南焰山带回楼兰古国，于是，火烈鸟们飞向了南焰山，用身上的羽毛将火种带了回来，同时也将希望和温暖带给了回来。那火种在羽毛上燃烧着，使它们周身都被红红的火焰包围。虽然将火种带回到楼兰古国后，它们就会被火焰烧成灰烬，消失在天翼山附近，但它们还是这样做了，因为这是它们的使命。楼兰古国的人民很感谢它们，将它们视为圣鸟，并怀着敬意称呼它们为火烈鸟。

相传，火烈鸟的另一个使命是保护楼兰王子。烈火使曾将操纵圣火的法力传授给楼兰王子，并辅佐他登上了国王的宝座，可是拥有了法力的楼兰王子却并没有全心全意地保护自己的国家，而是在忌妒和暴虐的驱使下做了太多伤天害理的事。一直守护在他身边的火烈鸟也因此一度成为人们恐惧的魔物。

当时，在楼兰有一座通天塔，塔中关压了许多妖魔，这些妖魔相信只要经受过圣火的洗礼，身上的罪孽就可以清除。于是，当楼兰王子受罚被关入塔中后，他便成为了塔中那些妖魔眼中的神，也成为了通天教主。那些楼兰王子身边的人也都被关入了塔，曾教给王子操纵圣火能力的烈焰使被关入塔后，成为了通天教主的使者，而守护王子的火烈鸟则依然保护着王子，抵御着所有想要进入塔的人。一旦它们感受到有人闯塔，它们就会全身迸发出耀眼的火光，用尖利的嘴去驱赶入侵者。

火烈鸟并是不完全意义上的候鸟，使它们迁徙的主要原因是食物和环境。平日里，它们喜欢在水中寻找一些小型的水生物或水藻，有时昆虫也是它们捕食的对象。一旦食物变得稀少，它们便不得不离开这里，去寻找另一片生活的空间。

野生火烈鸟的平均寿命是25年，每年4月到5月是火烈鸟的繁殖期，在这期间，火烈鸟妈妈们会生产下它们一年之中唯一的一枚卵，然后由夫妻俩共同将孩子孵化出来。孵化的时间需要大概一个月左右。到了9月，一些火烈鸟会暂别这天堂一般的卡玛格，前往非洲度过它们的冬天，直到第2年的2月再回来，也有一些火烈鸟则会一直守在这片生它养它的湿地上。

纯净的湖水中，有许多人们肉眼看不见的小鱼、小虾和一些贝类，但是它们却逃不过火烈鸟们的眼睛。它们悠闲地漫步在水中，一发现食物的踪影便立即将头伸入水里，然后将嘴倒转，把寻找到的小虾、贝类等吸进口中。它们不会把这些东西直接吞下，而是会将水中的渣滓同水一起过滤出去，然后再吞食。在我看起来，这样的吃东西的方式很特别，而且有一些复杂，不过对于火烈鸟们来说，它们早已习惯了这样的方式，并且能够将这一过程优雅而自然地展示在人们面前。看到它们优雅的姿态，谁也无法想象得到它们飞起来的时候会有多么壮观和激烈。

想要看到火烈鸟，只要来到卡玛格湿地公园就可以看到。由于全球湿地越来越少，缺少了生活的空间，这种鸟便濒临灭绝。但是在这里，却可以看到大片火烈鸟同时站在水中觅食的场景。之前在一些照片中见到过火烈鸟飞翔起来的情景，当无数只火烈鸟张开翅膀飞翔在天空中时，那场景真的很像一大片巨大的火烧云向着远方移动。只可惜，我没有幸运地亲眼看到火烈鸟飞翔，也没有机会看到它们奔跑的样子。

人在害怕的时候总会跑得很快，我想，火烈鸟也是因为害怕所以才会爆发出如此惊人的速度吧。火烈鸟的胆子很小，害怕独自面对外来的危险，所以它们常常成群而居。当上万只火烈鸟居住在一起的时候，那真是一幅相当壮观的场面。它们不能够像大多数鸟儿一样直接飞行，而是要在飞行前助跑一段距离才可以起飞。但是一旦飞起来，它们的速度就是极快的，每小时可以飞行50~60公里，只要一晚上就能够飞出约600公里。虽然在神话中，火烈鸟是一种能够保护王子的圣鸟，但事实上，它们生性胆小，防御能力也很弱，更不擅长攻击。只有拼命地飞行，才能让它们远离危险，不被猛禽所捕获。

在卡玛格，纯种的白马是另一种在别处难以见到的稀有动物，也有"白色的海之马"之称。早在史前，这种白马就生活在这里了。

提到白马，女孩子们的脑海中最先跳过的词一定是"白马王子"。从小到大，我们读过的所有童话中，每一位王子都拥有一匹高大英俊的白马，他们会骑着白马出现在心爱的人面前，或救她们脱离危险，或带着她们回到皇宫。

这里的白马却与白马王子骑的白马无关，它们虽然持久力卓越，但是个子比较矮小，一匹成年白马的最高高度不会超过1.4米，无论大人还是孩子，骑在上面都会感觉很安全。幼年时期的白马身上并不完全是白色，而成年之后的白马则通身雪白，浑身上下看不到一丝杂色。

当一道白色的闪电出现在我面前时，我的心为之一颤，那飘逸的毛发在风中飘舞，白色的身体在阳光下带着一圈光环，好像从童话中跑出来的没有角的独角兽。我还没来得及拍下它英俊的身姿，它便已经跑远了。所幸这里的白马并不只有一匹，继续前行一段路，我又看到一匹正低着头悠闲吃着青草的白马。它乖巧地站在那里，长长的睫毛自然地垂下来，嘴巴斯文地咀嚼着，好像正在品尝着人间最美味的青草。

很想上前轻轻抚摸它的头，无奈中间有阻挡，无法靠近。听说这附近有一些马场，专门训练了一些白马供人们骑上体验，之前在路上看到的牛仔模样的人就是马场的人。但是我没有去，不是害怕，而是不想。在我的心中，它们就应该是自由的，潇洒的。

虽然只是初次相遇，心里却有了许多不舍之情。拍下几张白马的照片，让那身姿停留在我的相机中，这样以后再想它们的时候，还可以再次拿出来怀念，怀念它们洁白的身影，怀念它们奔跑时的英姿，怀念它们那种天然的魅力。

离开的时候，我的脑中还浮现着那一大片澄净的湖面，那一大片随意生长着的植物，那一大片鸟群。但愿那片只属于迁徙动物们的天堂能够永远保持着它最真实的样子，成为迁徙动物们永远的家园。

盐山·恰似回忆之咸

一路，美丽。

在卡玛格湿地保护区附近，我看到一大片连绵的洁白，那是传说中的盐山。

卡玛格是一处盛产食盐的地方，它的附近有两座盐田——杰罗德和艾格莫荷特，这两座盐田为整个普罗旺斯提供了足够的盐，并将这些盐出口到了世界各地。在过去，用来装盐的是麻布制成的袋子，而现在，这些盐已经被包装得很精美，仅仅看到盛装它们的罐子，就能想象得出里面盛装的盐有多么精致。

在人们的日常生活中，盐不仅是一种必不可少的调味品，也是一种为人们补充矿物质的营养剂。盐中包含了许多如钠、钾等矿物质，这些矿物质对维持人们的生命起着重要作用。在极热的天气或是剧烈运动后，喝一些加盐的运动饮料或是柠檬水可以很好地补充体能，平衡体内的电解质。

　　盐对于人们生活的意义不仅在于食用，也在于生活用。用盐进行防腐早已成为世界通用的一种保存食物的方法；用盐清洁毛毯上的油污、鱼缸里的水垢和大理石制品等，既能够清除污渍，又不会损失东西本身；在一些扦插鲜花的水中加入一点盐能让鲜花开放得更加持久；用盐水清洗过的竹制品和藤制品不但看起来更美观，耐用也增加了不少。

　　卡玛格是与盖朗德齐名的产盐名地。早在古希腊时期和古罗马时期，卡玛格就已经开始生产盐了，这一传统一直持续到了中世纪。盐沿着地中海海岸向外运输，之后形成了一条"盐之路"，一路延伸到了意大利的皮埃蒙特大区。

　　曾经有一段时间，卡玛格的湖水仿佛受到了诅咒一般，突然间变成了红色，随着阳光的变化，有些呈现出紫红色，有些呈现出橙红色，有些呈现出血红色。湖中的景象也变得令人惊诧，洁白的晶体爬满了湖中所有的植物和岩石，就连湖边的树也一下子变成了一棵晶体之树，每一段小小的树枝上都被晶体所覆盖。放眼望去，这里就像一片冰晶世界，而会出现这种现象，只是因为湖中的水突然间加快了蒸发速度，那些原本隐藏在湖水之中的盐分便不得不变成晶体显露出来。

　　这里的盐都是富含矿物质的天然盐，食用方法也很简单，其中最常见有使用方法便是直接将它们撒在烹饪好的食物上。在普罗旺斯许多餐馆的餐桌上都可以看到这种盐，人们将它们撒在鱼上、蔬菜沙拉上，有时还会撒在面包上。它们在国际市场中的销量也非常好，有很多人还特意在网上寻找它们的踪迹。

　　听说那些专业的食盐品评家们能够品尝出不同食盐的不同特点，并且为了能够确切地感受出每一种盐的不同，他们会在每品尝一种盐之前用与体温相同温度的水漱口，并且在每品过一种盐后都让味蕾休息几分钟。

我没有特意品尝过各种各样的盐，实在难以想象得出那些食盐品评家们要用多精细的感觉才能够分辨出每一种盐之间有什么区别。一直以来，盐给我的印象无非是有的盐比较咸，有的盐不那么咸，用来腌制咸菜的盐颗粒较大，用来做菜的盐颗粒细小而已。而当卡玛格盐在我口中融化，慢慢滑过我的味蕾时，我却产生了一种特别的感觉。

听说海盐的口感通常比较粗糙，有一种海洋所特有的粗犷感，但是卡玛格盐却给了我一种不同的感觉，那是一种我从未体验过的润泽感。我感受不到盐粒在我舌尖跳动的感觉，却感受到了一股咸意从舌尖一直向舌根蔓延。食用后不会感到口干是这种盐的另一个特点，品尝过加入卡玛格盐的食物后，我没有一丝口渴，并不是因为这种盐不够咸，而是因为这种盐本身就能为口腔带去一种湿润的感觉。

中世纪时，这里的修士们也曾亲自参加过盐的生产过程。当时的制盐过程完全依靠手工，没有一点机械化的成分在里面，而现在的过程虽然仍然以手工为主，但也添加了一些现代化的技术在其中。

在地中海的边缘，我看到许多被网状的水沟分割开来的湖泊，它的总面积大概与巴黎中心相同。这里就是"盐田"，将含有盐的海水引到这里便是制盐的第一个步骤。海水一点点地注入进这些池中，并在强烈的阳光下逐渐蒸发，形成30厘米深的盐田。

春季和秋季是制盐的最佳季节。有时，会有人驾驶着卡车来到这里，将卡车停在其中某一条水沟边，然后走下车，拿着一些试管模样的东西取一些水进行研究。我上前询问，得知这是测量水中含盐量的方法。几个月后，这里就可以收获到大量的盐。这湖泊里每年产出的盐大约能有30万吨，相当可观的数字。

等到盐田中的水分完全蒸发后,人们会将蒸发出的盐运送到被称为"结晶田"的地方,在"结晶田"将盐分提取出来,然后将提取出的盐堆在一旁。

在收获盐的时候,人们会采用一种特制的分割容器将盐收起,而在提取盐分的时候,人们还会用到其他的工具,每一项工具的产生都是人们智慧的结晶。提取出的盐越来越多,堆得也越来越高,最后便形成了洁净的盐山。远看,那是一座座连绵不断的神秘雪山,无数精灵居住在那座山里。近看,那盐山上细致柔和的纹理看上去像是一张洁白的床单,似乎在床单之下,有一件雕刻精美的艺术品将不久闻于人世。

盐山上的盐并不能直接食用,还要在工厂中经过许多诸如清洗、干燥、粉碎等步骤,最后才能够被打包,拿到市场上出售。

不同地区的盐有着不同的外观,布列塔尼的灰盐质地比较柔软;马尔顿海盐外观特别诱人,犹如一颗颗晶莹剔透的细钻;夏威夷的黑盐和红盐从名字上便可知道,它们有最为特别的是色彩;特拉帕尼盐呈现出雪花一般的小颗粒;而塞浦路斯盐则呈现出大雪花一般的大颗粒。卡玛格的盐看上去晶莹剔透,颗粒细小。我不知道盐的形状是否与它所产的地区有关,但是我认为它或多或少有一些关联吧。

在来到卡玛格之前,我并不曾见到过这样的盐山,所以对盐并没有什么特别的感觉或感情。从小和老人一起生活的经历让我习惯了淡淡的味道,于是长大后,或者清蒸,或者清炒,或者凉拌,每次做菜时我都只会在结束时加入一点盐进行调味。我做的菜永远都是低盐少油,清清淡淡,淡到很多人吃的时候都感到有些无味,而我却为那最纯粹、最原始的味道而沉醉不已。

出来生活久了,随着生活越来越忙碌,各种汤料、鸡精、调味酱等占据了我的厨房。只要一块汤料,一锅清水,就可以做出鲜美的汤,不需要放入其他的材料,也不需要花费太多的时间,这对于我这样没有太多时间生活的上班族来说无疑是一件美事。于是，盐离我的生活越来越远，更多时候，我宁愿用一块汤料或一包调料做一顿速食晚餐，也不愿意在炉前守上半小时来做一盘精致的美食。

只是，我忽略了一件事，那些汤料和调料的味道即使再浓，再鲜，毕竟不是真实的味道。时间久了，我对味道的感觉变了，那些不能够刺激我味蕾的食物已经难以提起我的兴趣，我也很难吃得出食物真实的味道了。再去品尝曾经喜欢的食物时，也感受不到当时的喜悦了。

平日里，我总感觉现在的菜没有小时候吃到的好吃，没有家里做的好吃，却不知真正的原因，直到来到卡玛格，看到盐山，听闻了盐的生产过程后，我才突然意识到自己错在哪里。小时候吃到的菜会那样美味，是因为家那边的老人一直坚持着用最天然的烹饪方法和最原始的作料烹饪食物。他们始终都不肯用那些五花八门的调料，只用一勺盐，就可以做出味道清新或浓郁的菜肴来。

作料毕竟只是作料，它们不应该是生活中的主宰，也不应该是饮食中的主宰。也许我也应该回归了，回归那种自然的烹饪方法，精简我的调料盒，重新让盐、糖、花椒等天然调味品成为我厨房中的主角。

我想，我应该感谢这里，感谢这里的盐山，是它让我回忆起了最初的味道，那种健康的自然的味道。

海边小城·吉卜赛人的朝圣之地

圣玛利亚是卡玛格的一个海滨小镇。1888年，梵高在这里创作了名为《圣玛利亚海滩的渔船》的作品。在这幅画中，我看到黄绿交替的波涛在一片浓郁而沉重的海面上涌动，交替的过程中掀起一层层白色的裙边。天和海都是模糊不清的蓝，看上去那么沉重，画面上方的天空仿佛被下方的沙滩和海面挤压着，显得特别压抑。红色、绿色和蓝色的船依次停在沙滩上，看起来有些悲伤。远处几艘帆船不知是刚刚出海还是正要靠岸，也是模模糊糊的样子，整幅画中渗透着一种冷清的感觉。

而当我真正到达圣玛利亚后，我发现这里给人的感觉和梵高画中所给人的感觉恰好相反。这是一个奔放热情的充满吉卜赛风情的小镇，在这个小镇中，到处都充满着热情奔放的气息，仿佛流动的空气都带有一丝旋律感和节奏感。

两位年轻的舞者穿着传统的吉卜赛服饰，在街头跳着欢快的弗拉明戈舞，这是吉卜赛人的传统舞蹈。所有的吉卜赛人都会在很小的时候就开始学习这种舞蹈，所以他们常说："弗拉明戈早已融进了我们的血液！"

清脆的响板声中，身穿红色长裙的女子抬着头，脸上流露出一种高傲而落寞的神情，她在不停地旋转、旋转，时而旋转到男子的身边，时而又像一朵红色的云一般飘远，她奋力地摆着她的身体，全身上下迸发出一种压抑的激情，像是能够将人燃烧一样的激情。在时而高亢时而低沉的响板声中，两位舞者的舞蹈越来越激烈，越来越热情，仿佛在向人们诉说着他们心中那迟迟无法释放的感情和压抑的痛苦。

在阿拉伯语中，"弗拉明戈"一词代表的含义是"逃亡的农民"，用这一词来形容一直处于流浪过程中的吉卜赛人倒是有几分贴切。而且，"弗拉明戈"舞本身也与吉卜赛人的流浪过程有一定的关系，它融合了吉卜赛人所经过的许多国家的音乐元素，我们可以在舞蹈中感受到阿拉伯元素、印度元素、犹太元素、西班牙元素等。可以说，这种舞蹈是他们流浪过程中的结晶。

在过去，大棚车成为了吉卜赛人的一种标志。而如今，很多的吉卜赛人早已不乘坐那种原始的大棚车流浪了。我在圣玛利亚看到了许多大型的房车，一些吉卜赛人们在那里出出进进，有时手中还会拿着准备晾晒的衣服。

热情、奔放、洒脱、热爱自由是吉卜赛人的天性。关于吉卜赛人，最著名的文学作品要属法国作家梅里美的《卡门》。在这部作品中，卡门被描写成为一个追求自由、向往自由、大胆奔放的吉卜赛姑娘，只可惜最终她为了自己的追求而死在了一个男人的匕首下。在编"弗拉明戈"舞时，吉卜赛人将自己这一民族天性也融了舞中，所以对于他们来说，只有他们才能够将"弗拉明戈"舞那种自由、热情和矛盾的精髓完全地展现出来。

在法国，吉卜赛人也被称为波西米亚人。波西米亚一词对于许多热爱时尚的人来说并不陌生，因为曾经有一段时间里，街上到处都会看到穿着波西米亚风格服装或佩戴波西米亚风格首饰的女孩。但是，大多数人只是认为这一词汇听上去很有飘逸轻扬的感觉，认为这种风格的衣服穿起来能让人有一种特别的味道，却很少有人知道，波西米亚元素其实来源于吉卜赛人，而它实际想要表现的，正是那种吉卜赛人特有的自由浪漫的精神和他们那种如同卡门一般追求享乐、放荡不羁的生活态度。

虽然追求自由，但是他们却不能离开他们的部族。对于吉卜赛人来说，最残酷的惩罚不是死刑，而是被部族所驱逐。如果一个吉卜赛人不再被他的部族所接受，那么迎接他的将是无限的灾难。

沿着小路向前走，和普罗旺斯其他城市一样，这里的路边也有许多的露天咖啡座和小店，人们坐在阳伞下悠闲地喝着咖啡，在小店中兴致勃勃地挑选着商品。在一家玩偶店里，我看到许多饱含当地风情的玩偶，那些明显带有波西米亚风格的小玩偶仿佛被注入了灵魂一般，将我的注意力吸引到它们身上，不知不觉竟然在店里站了很久。

小时候，常常会感觉那些人形的小娃娃就是一个个小孩子，于是一个人寂寞的时候，就会把它们摆放在自己身边，不时地看着它们的眼睛，和它们说几句话。也曾幻想过，它们会在每晚我睡着之后活过来，轻轻地走到我身边，在我的脸上亲一下。有时，甚至会假装睡着，只为确认它们确实能够在我入睡时活过来。只不过，每一次的假睡最后都会变成真的睡过去，再睁开眼睛已经是另外一天。长大后，不再天真，自然也不再会对这些玩具抱有任何幻想，于是把它们关进了衣柜，直到家中有小孩子过来串门时才会拿出来。

我以为我再也不会有那种天真，再也不会有那种期待，再也不会对娃娃产生一些想象，没想到在这里，我却再一次被它们吸引了，最后，我在那一堆玩偶中挑选了一个，打算将它带回放在我的那所房子里。

不知是不是我的错觉，总觉得那个娃娃的眼睛里似乎有一种将我内心看透一般的魔力。又也许，这里的娃娃真的有着一些特别的力量，就如那些在街边为人们占卜的女巫们一般？

在许多电影和动画片中，占卜的女巫通常会披着深颜色斗篷，将眼睛遮挡住。她们一般住在充满灵异氛围的小屋子里，这个小屋也许在远离人烟的树林深处，也许在闹市中的一个小屋子里，一般来说，那些树林深处的女巫往往更加可信，法力也更加强大。而事实上，占卜只是吉卜赛人的一项传统行业，从事这项行业的人中，大多数都是吉卜赛妇女，所以电影里才会有那么多故弄玄虚的关于女巫的情节。

在圣玛利亚，我见到了一些为人占卜的吉卜赛妇女，有的只摆一张桌子，有的在街头支起帐篷，有的则将店开在了小屋里。她们大多用一种特殊的吉卜赛扑克或塔罗牌进行占卜，而不是像电影里那样，面前摆着一个能够映出很多场景或东西的水晶球。

走出教堂，走向小镇的另一条街道，诱人的香味一下子钻进了我鼻子里。我知道，那是海鲜饭的味道。这里的海鲜饭是街头的一大特色，也是让许多好吃的游客们流连忘返的主要原因。那一大盘平底锅中的色香味俱全的海鲜饭让每一位经过的人都不由得吞着口水。

并不是只有一家餐厅的门口会摆着这样一大锅海鲜饭，在这座小镇里，每一家餐厅的门口都有着这样的大锅，而且价钱都差不多。这些海鲜饭虽然配料略微有些不同，但都是以海鲜为主要材料，还没走近就能看到火红的大虾或新鲜的贝类大模大样地躺在锅里。

这里的海鲜饭是名副其实的海鲜饭，而那些躺在锅中的大虾也并不是纯粹作为装点之用，它们真的会跑到人们的碗里去。上尖的一大盘海鲜饭摆在面前，里面的材料清晰可见，蔬菜、豆类和海鲜的颜色搭配得恰到好处，特别是那足量的海鲜，让人一看就有食欲。我点了一份，还没吃完就已经饱了，的确既好吃又实惠。

在这样的一座小镇里逛上一天，感受着美丽的风光，品尝着美味的海鲜饭，听着街头传来的音乐，欣赏着热情的"弗拉明戈"舞蹈，幸福都要溢出来了！

甜点·歌唱的旋转木马

对女孩子而言，甜食永远有着让她们无法抗拒的诱惑力。入口即化的巧克力、香软细腻的奶油蛋糕、口味众多的糖果、滑嘟嘟弹性十足的布丁……每一种甜食点都有着它独特的魅力，让人欲罢不能。那种诱惑不分时间地点和场合，不分岁月和季节。无论小女孩还是少女，白领丽人或是家庭主妇，中年女子或是老女人，几乎所有女性都受不了甜食的诱惑。

甜食的诱惑不仅来自那些甜美的味道，也来自它们可爱的外表。特别是那些有着温馨的色彩、小巧可爱的样子的小甜点，更是让人不由心动，既会垂涎于它们的美味，又碍于它们的样子不忍心将它们吃掉。

甜点和幸福有关。婚礼上的高层奶油蛋糕和心形小甜点将婚礼会场装点得如童话世界，让整个会场都充满了爱的浪漫，让所有人都感受到了新娘和新郎之间浓浓的爱意，让所有参加过婚礼的人终生难忘，一想起这场婚礼，满心里都是甜甜的幸福。

为心爱的人做一道美味的甜点也成为许多女孩子向爱人表达爱的方式。她们宁愿花大量的时间去超市挑选材料，然后在厨房一次又一次尝试，一次又一次失败，再一次又一次尝试。甜品做好后，她们怀着激动而忐忑的心将做好的甜品端到爱人面前，等待着称赞和感动。

取适量的面粉，先在面粉中加入橙树花，然后将面和好揉匀，使橙树花均匀地分散在面中。再用和好的面制成面饼，最后放到锅中用橄榄油进行烹饪，一道具有普罗旺斯风味的烤饼就做好了。烤饼是一种具有普罗旺斯特色的甜点，生活在普罗旺斯内陆地区的人将它称为"烤饼"，而在沿海地区的人们则将它称为"油泵"。这种甜点主要出现在圣诞夜的晚宴上或是主显节的宴会上。

在普罗旺斯地区制作的小杏仁蛋糕是一种传统的普罗旺斯甜点，这种甜点的历史已有500年之多。从名字上来看就知道，杏仁是这种蛋糕的主要材料，除此之外，普罗旺斯特产的蜜饯也是重要原料之一。在制作时，人们会把精心挑选出的杏仁和无核的蜜饯放到一起，用特定的器具将它们研成细碎的粉末和小颗粒，然后将它们一起涂在圣餐时食用的面饼上。最后，人们还会在上面镀上一层糖浆，这样既能增加口感，也能让蛋糕看起来更加有光泽。由于温度等原因，这种蛋糕上面的糖浆很容易融化，而糖浆一融化，整个蛋糕的口感和味道都会大打折扣，为此一些甜食厂想了许多办法，他们将蛋糕放在冷藏柜里，或用真空包装将蛋糕密封起来，以保持蛋糕柔软而香甜的口感。

"面包汤"是生活地中海地区的人们比较喜欢的一种食物，严格来说，它并不算一种汤，而更像一种黏稠状的甜品，它是将一些面包放进水或牛奶中煮沸，然后再加入一些其他的配料而制成的。普罗旺斯地区比较流行的"苹果面包汤"，是在"面包汤"中加入苹果，最后做成苹果派一样的食物。

此外，香软的奶油水果馅饼、酥脆的油炸糖糕、清香的松子点心、酸甜的糖渍水果、内容丰富的甜食什锦等也都是这一地区的有名甜点。一提到这些甜点，人们的口中就会升起一股抑制不去的渴望。

甜点的魅力无人可挡，糖果的魅力也不容小觑。全世界上糖果的种类可谓不计其数，色彩缤纷的波板糖，纯洁无瑕的棉花糖，又香又软的奶糖，清香晶莹的水果糖，甜腻粘牙的太妃糖，冰凉去暑的薄荷糖……到了普罗旺斯，就不能不尝一尝一种叫作"黑白牛轧糖"的糖果，这是一种以蜂蜜、杏仁和糖为主料制成的糖果，分为黑色牛轧糖和白色牛轧糖两种。黑色牛轧糖的外表是近似于黑色的深棕色，吃起来口感松脆；白色牛轧糖的外表是奶油一样的纯白色，这是因为里面加入了蛋白的缘故。相比之下，白色牛轧糖的制作工艺要复杂得多，每一种材料都需要分别进行加工，之后才能混合在一起。

甜点和糖果总能给人以幸福甜美的感觉，也有一些人将它们作为减缓压力的法宝，虽然这种观点并没有足够的依据，而且吃下过多的甜食对健康也没有好处，但还是有人喜欢在心情不好的时候吃一些甜食。对于他们来说，能够美美地吃上一口，让那甜甜的感觉在口中久久缠绕，心都会快乐得飞起来，一切烦恼也都烟消云散了。

除了甜点和糖果，冰淇淋、糖水、饮料等都算得上是甜食，它们让许多女孩子为之倾倒，那些散发着甜蜜味道的食物和饮品让她们像见到花朵的蜜蜂一样无法自拔。

我曾见到过一些女孩子们享用甜食时的表情，坐在咖啡厅里的优雅女性用叉子将面前的蛋糕切下小小的一块，然后放进口中慢慢地品尝，脸上露出幸福的笑容；公园里的小女孩手中拿着一只波板糖，一边走，一边舔着糖，满脸的满足；夏日街头的女孩子们手中拿着各种各样的饮料和冰淇淋，脸上散发着愉快的光芒。

卡玛格的一家甜品店中，我也看到了许多正在享用甜品的女孩子们。这里的甜品店不算特别多，几乎每一家都有特色的甜品，而且从来不缺少顾客。特别是在正餐时间还没到的时候，甜品店中的热闹与餐馆中的冷清形成了鲜明的对比。

我找了一家甜品店，在店门口的露天座位上坐了下来，这里的露天座位设计得很别致，一张张座椅有着冰淇淋一般甜甜的色彩，在一排简约风格的餐馆间显得格外吸引人。座椅的靠背中间是一个冰淇淋的形状的镂空，周围则是一些小甜点的形状，看起来很精致可爱。

漂亮的女店员向我走过来，向我介绍店里的主打甜品——用巨大号的矮脚郁金香杯盛装的冰淇淋和用碟子盛装的水果船。原来，这是一家以冰淇淋为主要商品的甜品店，难怪就连座椅都设计成了与冰淇淋有关的样子。

我将店员向我推荐的主打甜品各点了一份，又点了一杯冰水，以免过于甜腻的味道让我脆弱的胃无法适应。没等多久，我点的东西便端了上来。我看到郁金香杯中铺着四种颜色的冰淇淋，浅蓝色、浅绿色、浅粉色和白色四种颜色搭配得刚刚好。冰淇淋中有一些巧克力豆一样的小东西，还有一些深色的小颗粒，等我吃到嘴里时才发现它们是类似饼干一样的碎片。脆脆的颗粒配上清爽的冰淇淋，在这样的天气里确实是一种享受。

水果船看上去和香蕉船差不多，一只香蕉以慵懒的姿势躺在盘子的中央，它的身上坐着三种口味的冰淇淋球，分别是香草口味、可可口味和香蕉口味。香蕉的两旁躺着切成片的火龙果，还有几种我叫不出名字的水果，我想向店员询问这些水果的名字，却只得到一串听不懂的法文。水果船的最上面还涂了一层奶油，我用勺子挖起一块放入口中，冰淇淋在口中瞬间融化，混合着甜甜腻腻的奶油，一起渗入清清凉凉的水果中，那口感相当特别。

我的思虑显得又一次多余了。冰水没有派上用场，水果的清香刚好解了奶油的甜腻，当我享用完这些冰淇淋甜品之后，我的胃中没有丝毫不适，口中不停地回荡着刚才那种舒适的感觉。

甜食却也是让许多女孩子又爱又恨的东西。甜食和瘦身天生就是两个矛盾体，然而这两个矛盾体却对女孩子们同样有着不可磨灭的杀伤力，当对甜食的喜爱与对瘦身的渴望发生碰撞，几乎所有女孩子都会叫苦不迭。然而，这里的姑娘们却仿佛完全不介意甜食会让人发胖这件事。我曾在不同的甜品店里先后遇到过几位姑娘，每一次见到她们的时候，她们都在愉快地品尝着店里的美食，那样子就好像一群刚刚摆脱家长的约束，能够自由自在品尝美食的小孩子一般。

在一群金发碧眼的欧洲人当中，我算是比较特别的了，所以见过几次面之后，她们也对我有了一些印象，并微笑地向我打招呼。她们告诉我，她们是从阿尔勒那边过来的学生，因为喜欢这里的甜点才特意在放假时过来品尝。对于我问的"是否会担心变胖"的问题，她们笑着告诉我，她们平日很喜欢运动，而且不会在短时间内大量摄入甜食，所以从来不担心发胖的问题。而且，就算真的会胖一点点，只要没有大问题，何必要为了别人的眼光而强迫自己不去吃喜欢的东西呢？

多么单纯快乐的姑娘们。我想，也许正因为她们拥有如此简单和洒脱的心，才会看起来像孩子一样容易轻松和满足吧。也许，我也应该恢复一下自己的心态，放下一些不必要的约束和禁锢，回到孩子时的心态，大胆地做我真正想做的，享受我的人生。毕竟，我还不算太老，不是吗？

拥挤的季节·每个人心里都有一个普罗旺斯

离别的日子总要来临，在心里悄悄地对那漫天遍野的紫色说再见，对那无尽无边的蓝色说再见，对那绚丽夺目的黄色说再见，对那生机勃勃的绿色说再见。回去之后，怕是再没有机会见到这样纯净的色彩，也再没有机会呼吸到如此清新的空气，那悠哉的心情是否也会随之消失呢？我不确定。

怀着一颗不舍的心上了飞机，在几万英尺的高空上，我闭上眼想象着那片美景在我身下静静地仰望着我，向我送别。不知怎么，来到普罗旺斯后，我时常回想起学生时代的自己和那时那些简单的旅行，走到哪里，都仿佛能听见那时自己单纯而简单的笑声。

学生时代的旅行，是真正的穷游。那时我和我的朋友们更多时候会随手摘一些生长在林中或郊外的野花野草，拿回去做成标本；或者在河边捡几块形状特异的小石头，拿回去放到玻璃缸里养着；或拍一些轻松搞怪的照片，回去传到空间的相册；或去寻找当地最具特色的小吃不顾形象地大口品尝。

毕业之后，工作了，生活便失去了一些自由自在，旅行也变了味道。每次在同事的相册中看到他们旅游的照片，都会越加地觉得自己是一只小小的井底之蛙，没有见识，没有眼光，没有品位。为了不显得自己的浅薄，也为了能够更好地融入其他的同事当中，每次打算出行之前，我都会重新浏览一遍他们去过的地方，再向他们征求一些出行意见，直到从同事那里打听到哪里的建筑最有味道，哪里的食物最为著名，才会放心地制订详细的计划。

要去哪条商业街购物，要去哪家饭店用餐，要去哪家宾馆休息，都是按照同事们的推荐而选择的，不是没有自己感兴趣的地方，只是那些地方在大家口中都渺小平凡得不值一提，所以犹豫许久，还是放弃了。每到一个地点，都会去那里最著名的建筑和景点拍照，会去当地最有名的餐馆小坐，然后买下一堆最具特色的纪念品带给同事，自己的心中虽然有些兴奋，却再也找不到学生时代那种难以言表的快乐。

以前的朋友们看到我上传的那些相片，有的问我怎么转变了兴趣，有的感叹在大城市工作的人果然不同，我也只能用简单的回复敷衍着她们，我真的不知道怎么说，在我的心中，那些灯光璀璨的地方，那些名牌云集的地方，都远不如大学时期和朋友一起游览的那些较为原始、门票却相对便宜的小景区更有吸引力。我心中最渴望的地方，还是那些朴实的小城镇和小村落。可是，这些想法都只能压抑在自己的内心深处，不能与人说。

普罗旺斯之旅是让人轻松的旅行。每到一处地方，我的心都是愉悦的、舒畅的。这里有我喜欢的地方，有我一直渴望的氛围。在普罗旺斯，仿佛随处都能闻到一股特别的味道，那股味道缓缓地、轻轻地流动于空气之中，当我想要深吸一口气，感受它的存在时，它却又悄悄地溜走，闻不到味道了。

再睁开眼时，我已经回到了熟悉而陌生的土地之上。说熟悉，因为我已经在这座城市中生活了太久；说陌生，因为我从未仔细感受过，也从未认真观察过这座城市中的每一处。

不知为何，我突然很想拖着行李箱一路走回住的地方，一边走，一边仔细地看一看这个我生活了数年的城市，累了随处坐下休息，渴了路边买一瓶矿泉水，热了找一处水龙头洗一把脸，饿了就在路边的小馆子里饱餐一顿。不过，这个念头很快就被一通电话打断了。

公司的领导提醒我假期已经用完，问我什么时候可以回去工作，于是收了收心，拦下一辆出租车坐了进去。报出我住所的地址，出租车便快速地向目的地行驶。看到周围的景色从荒凉到热闹，如快进的镜头般从车窗外闪过，我的心中产生了一种说不出的不适应。其实我很想让司机开慢一些，再慢一些，好让我看清身边的路是如何变化，看清周围的建筑有哪些特别。我打开车窗，希望能够有微凉的风吹到我的脸上，可是迎面而来的只有干燥的空气和扬起的灰尘。

和大多数城市一样，这里的机场也建在城郊，于是我只得让窗外光秃秃的路面和偶尔飞过的电线杆在我的视线中来了又走。没有人烟，没有生机，只有荒凉。远处的天空中偶尔能看到一些鸟的身影，也都是一闪而过，看不清它们究竟是什么鸟，更没机会揣测它们正在向哪里飞。

进入市区，恰好赶上交通高峰期，交通开始变得不顺畅。前方的十字路口处似乎有两辆车发生了碰撞，于是一大串汽车都被堵在了它们身后。司机打了个转向，想要绕路而行，却发现另一条路上也早已排满了想要绕路的车辆。周围的车中，人们的脸上都流露着烦躁和厌倦，一些人在等待和疲倦中睡去了，一些人则打开车窗，似乎这样就能减轻堵车带来的烦躁。

十分钟过去后，车流还是没有好转的意思，被困在车里的人们开始打电话，左侧车里的年轻男子或许正急着去约会，好言好语地对着电话另一边解释了一番，却在挂下电话之后大骂肇事的司机和拥挤的交通；右侧车里的男人则直接对着电话另一头大喊大叫起来，仿佛要把所有的怨气都通过电话发泄出去一样。

司机从后视镜中看到我安然自若的神情，感到很诧异，他想不通为什么在这样的情形下我还能保持如此的淡定。他开始与我聊天，当他得知我刚刚从普罗旺斯回来后，他流露出一种不可思议的神情，我知道，他一定以为我在说梦话，或者把我当成了一位正在虚构小说的作家，可事实就是这样，是普罗旺斯改变了我，或者说，是普罗旺斯唤回了真正的我。

脚下是硬邦邦的柏油马路，头顶是不太清透的蓝天，身边是匆忙行走的人群，我却对他们视而不见。回到公司，看到许多熟悉的面孔和许多陌生的面孔，我知道公司又招来了不少新人。听到那些满脸稚嫩的小姑娘们恭敬地叫我，我仿佛看到刚毕业的自己。若是之前，我也许会因为这些孩子们对我的崇拜而飘飘然，而如今，我只是耐心而平静地解答着她们的问题，心里却没有一丝的波动。

职位和称呼算得了什么呢？即使坐上了全公司最高的职位，若是失去了最珍贵的那些人和心境，又怎么可能幸福呢？曾经，我以为我是为了我们的未来而放弃眼前平凡的生活，并因为他的不理解而委屈抱怨，直到现在，我才意识到那些理由不过是自己贪婪的借口，真正让我失去他的，不是我的努力，而是我的不珍惜。是我错误地估价了我们的感情，也错误地估价了生活的价值。

若是我能够在他疲惫的时候多一些安慰和细语，能够在他空闲的时候多一些体贴和陪伴，能够时常亲自下厨为他准备一顿用心的晚餐，能够和他一起窝在沙发中看电影，能够让他知道他就是我幸福的所在，也许，现在的我就不用一个人窝在沙发里,对着电脑里那些没完没了的泡沫剧发呆;也不用一个人做好满桌可口的饭菜却只能一个人将它们吃完。

可是,若不是他的放弃和离开,我又怎么会记起自己对薰衣草的那份热爱?怎么会回忆起自己最真实的想法,怎么会想要追随自己最真实的感受呢?凡事有好便有坏,他的离开差一点摧毁我的信念,也恰好唤醒了我的真实。

在路边看到一家小花店,打算买一束花送给自己。走进花店,一位笑容阳光般温暖的男孩向我走来,问我需要什么花,要送给什么人。我说,我只想挑一些摆在自己家里,他听完,便亲自为我挑了几朵。之后,他向我表示歉意,说自己正准备去替人送花,所以只能让店里的女孩帮我打包。我很好奇他身为花店的老板为什么要亲自负责送花,他给我的回答是,他喜欢亲自去送花,并不是为了节约人力,而是因为他喜欢看到人们收到花时幸福的表情。

男孩说,其实每个人都在内心渴望着幸福,只是生活中的一些事情和经历让他们忘记了这份感触。花有着特殊的魔力,它们能够让人们产生幸福的感觉,是因为它们能够唤醒一直沉睡在人们心里的幸福。

原来,每个人的心里都有一个普罗旺斯,只要一直相信幸福,幸福就会一直存在。

后记

踏上这片土地之前，普罗旺斯于我而言是一个朦胧的梦。它是不食人间烟火的桃花源，也是梵高画笔下风光旖旎的田园画。为了穿越喧嚣的凡俗，挣脱惯有的束缚，我不顾一切地走进梦里。

循着彼得·梅尔的脚步，我真切地穿行在了法国南部蜿蜒的小路上。缓慢的生活节奏，自由的呼吸，让我明白，生活其实原本可以不用那么奔忙，不用那么疲惫，不用那么勉强。

终于，在时间的缝隙里，我成了自由的观光客，而不是都市里的繁忙机器。这里没有过多巴洛克式的浮华，却有着一份恍如隔世的清净。普罗旺斯不是一个城市，或者一个地方，它是一个概念，也是每个人心中对闲适生活的憧憬和希望。

其实，普罗旺斯并非终年花开遍野，它并非只有紫色，而是彩色的、多元的。当瞳孔中，盈满了金色的麦田，大朵大朵的向日葵，红艳艳的山石，我方才明白，梵高笔下为何燃烧着生命的激情与澎湃。

彼得·梅尔曾说："普罗旺斯是这个世界上唯一不用做任何事情，就可以待得舒舒服服的地方。"我想说，如今站在世界的任何一个角落里，我的血液里都是薰衣草的熏香。

生活在同一个时光的维度里，站在普罗旺斯的土地上，恍然有一种错觉，这里连时针的走动都是轻柔缓慢的。最初以为，这是普罗旺斯的魔力，后来方懂得，无关乎地域，只在于心境。